镜迷宫

5

爱并不因
瞬息的改变
而改变

莎士比亚十四行诗的世界

包慧怡 著

华东师范大学出版社
·上海·

目录

商籁 第 105 首

偶像 玄学诗

别把我的爱唤作偶像崇拜，
也别把我爱人看成是一座尊像，
尽管我所有的歌和赞美都用来
献给一个人，讲一件事情，不改样。

我爱人今天温柔，明天也仁慈，
拥有卓绝的美德，永远不变心；
所以，我的只颂扬忠贞的诗辞，
就排除驳杂，单表达一件事情。

真，善，美，就是我全部的主题，
真，善，美，变化成不同的辞章；
我的创造力就用在这种变化里，
三题合一，产生瑰丽的景象。

　　真，善，美，过去是各不相关，
　　现在呢，三位同座，真是空前。

Let not my love be call'd idolatry,
Nor my beloved as an idol show,
Since all alike my songs and praises be
To one, of one, still such, and ever so.

Kind is my love to-day, to-morrow kind,
Still constant in a wondrous excellence;
Therefore my verse to constancy confin'd,
One thing expressing, leaves out difference.

'Fair, kind, and true,' is all my argument,
'Fair, kind, and true,' varying to other words;
And in this change is my invention spent,
Three themes in one, which wondrous scope affords.

Fair, kind, and true, have often liv'd alone,
Which three till now, never kept seat in one.

在商籁第105首中，神学词汇与情诗词汇再度合一：一神论的敬拜传统直接被挪用于描述爱情的专一，“圣三一”在诗人笔下有了全新的定义，《旧约》“十诫”中的两条被巧妙援引，用于诗人对于爱情之忠贞的自白。

我们已经在多首商籁中看到莎士比亚将神学叙事挪用于情诗的语境中，比如商籁第34首（彼得不认主）、第52首（登山宝训），还有接下来的第108首（犹大卖主求荣）等。无论在伊丽莎白一世还是詹姆士一世执政时期，宗教都是英国时局中最敏感的领域，在公开出版物中亵神或渎圣（哪怕只用诗歌）无疑都是危险的，不仅可能会暴露作者本人的信仰派别，更可能会被用于指认作者对当权者的忠诚与否。信条之争往往同时是政治之争。莎士比亚在作品中处理这些话题时向来谨慎，本诗中，他选择了一个无论在新教还是天主教同情者眼中都很难出错的攻击对象——偶像崇拜（idolatry）——作为反对的对象。本诗开篇伊始诗人就自我申辩道：

Let not my love be call'd idolatry,
Nor my beloved as an idol show,
Since all alike my songs and praises be
To one, of one, still such, and ever so.
别把我的爱唤作偶像崇拜，

也别把我爱人看成是一座尊像，
尽管我所有的歌和赞美都用来
献给一个人，讲一件事情，不改样。

《旧约·出埃及记》第20章第3节起，耶和华通过摩西向以色列先民颁布的“十诫”中，头两条都与偶像崇拜有关（“除了我以外，你不可有别的神”；“不可为自己雕刻偶像，也不可作什么形像仿佛上天、下地和地底下、水中的百物。不可跪拜那些像；也不可侍奉它，因为我耶和华你的神，是忌邪的神”）。《出埃及记》中记载，十诫颁布之后不久，人们就趁摩西不在时违反了不可拜偶像的重大诫命，而且是通过胁迫代行祭司之职的摩西的兄长亚伦达到目的：“百姓见摩西迟延不下山，就大家聚集到亚伦那里，对他说，‘起来，为我们作神像，可以在我们前面引路，因为领我们出埃及地的那个摩西，我们不知道他遭了什么事。’亚伦对他们说：‘你们去摘下你们妻子、儿女耳上的金环，拿来给我。’百姓就都摘下他们耳上的金环，拿来给亚伦。亚伦从他们手里接过来，铸了一只牛犊，用雕刻的器具作成。他们就说：‘以色列啊，这是领你出埃及地的神。’亚伦看见，就在牛犊面前筑坛，且宣告说：‘明日要向耶和华守节。’”（《出埃及记》32：1–6）

摩西下山后见到人们这么快就藐视律法，行偶像崇拜的大罪，怒火冲天地摔碎了耶和华亲手写下诫命的法版：“……挨近营前，就看见牛犊，又看见人跳舞，便发烈怒，把两块版扔在山下摔碎了，又将他们所铸的牛犊用火焚烧，磨得粉碎，撒在水面上，叫以色列人喝。摩西对亚伦说：‘这百姓向你做了什么？你竟使他们陷在大罪里！’”（《出埃及记》32: 19–21）由此可见，偶像崇拜的确是没有通融余地的大罪。

商籁第105首中，诗人在第一节中先将自己的爱情性质与偶像崇拜划清界限，随即就在第二、第三节中，论证自己对俊友的崇拜其实与虔诚的信徒们对圣三一的崇拜类似。对三位一体的圣父、圣子、圣灵的崇拜正是《尼西亚信经》（*Nicene Creed*）颁布以来不可撼动的核心教义，也回荡在早期现代英国最常用的英语和拉丁语祈祷文中，莎士比亚通过将“圣父、圣子、圣灵”之圣三一置换成俊友所具备的“美、善、真”三种品质的圣三一，从反面斩钉截铁地论证了自己对俊友的爱不可能是偶像崇拜，而是完全符合教义的虔敬：

Kind is my love to-day, to-morrow kind,
Still constant in a wondrous excellence;
Therefore my verse to constancy confin'd,
One thing expressing, leaves out difference.

我爱人今天温柔，明天也仁慈，
拥有卓绝的美德，永远不变心；
所以，我的只颂扬忠贞的诗辞，
就排除驳杂，单表达一件事情。

'Fair, kind, and true, ' is all my argument,
'Fair, kind, and true, ' varying to other words;
And in this change is my invention spent,
Three themes in one, which wondrous scope affords.
真，善，美，就是我全部的主题，
真，善，美，变化成不同的辞章；
我的创造力就用在这种变化里，
三题合一，产生瑰丽的景象。

莎士比亚的剧本中共出现过五次 idolatry（偶像崇拜）、七次 idol（偶像），其中一半左右都用于形容热恋中的人对于爱慕对象的崇拜。比如《仲夏夜之梦》第一幕第一场，拉山德（Lysander）控诉狄米特律斯（Demetrius）迷惑了海丽娜（Helena），使她陷入对他的偶像崇拜：

Demetrius, I'll avouch it to his head,
Made love to Nedar's daughter, Helena,

And won her soul; and she, sweet lady, dotes,
Devoutly dotes, dotes in idolatry,
Upon this spotted and inconstant man. (ll.106–10)

讲到狄米特律斯，我可以当他的面宣布，他曾经向奈达的女儿海丽娜调过情，把她弄得神魂颠倒；那位可爱的姑娘还痴心地恋着他，把这个缺德的负心汉当偶像一样崇拜。

又比如《罗密欧与朱丽叶》第二幕第二场著名的阳台对话中，朱丽叶请罗密欧不要用盈亏无常的月亮起誓。罗密欧问："那么我指着什么起誓呢？"朱丽叶回答：

Do not swear at all;
Or, if thou wilt, swear by thy gracious self,
Which is the god of my idolatry,
And I'll believe thee. (ll. 112–15)

不用起誓吧；或者要是你愿意的话，就凭着你优美的自身起誓，那是我所崇拜的偶像，我一定会相信你的。

再比如《维洛那二绅士》第二幕第四场中普洛丢斯（Proteus）和凡伦丁（Valentine）关于情人的对话：

Prot:

Enough; I read your fortune in your eye.

Was this the idol that you worship so?

Val:

Even she; and is she not a heavenly saint?

Prot:

No; but she is an earthly paragon.

Val:

Call her divine.

Prot:

I will not flatter her. (ll.139–43)

普洛丢斯：够了；我在你的眼睛里可以读出你的命运来。你所膜拜的偶像就是她吗?

凡伦丁：就是她。她不是一个天上的神仙吗?

普洛丢斯：不，她是一个地上的美人。

凡伦丁：她是神圣的。

普洛丢斯：我不愿谄媚她。

可以看出，商籁第 105 首中的诗人是有意与上述戏文中爱情里的“偶像崇拜者”拉开距离的：凡人崇拜他们的爱人犹如崇拜偶像，狂热但盲目，而“我”对俊友的爱并非如此;“我”的爱人也有别于一切凡人，他是集真善美于一身的完美者，因此也绝对不可能被视作“偶像”。

也有学者认为，本诗中的圣三一对应于新柏拉图主义中的三种美德“美的、善的、真的”（The Beautiful, The Good, The True’)。[1] 不过除了在少数戏谑的语境中，莎士比亚从来不是一个哲学术语的爱好者，何况在贯穿本诗的神学词汇的上下文中，我们看不出他为何要舍近求远。在最后的对句中，诗人继续赞美俊友，说古往今来从未有人如他一般，将“美、善、真”这三位一体的美德集于一人之身，这不啻将爱人在情诗的语境中“封神”了：

Fair, kind, and true, have often liv’d alone,
Which three till now, never kept seat in one.
真，善，美，过去是各不相关，
现在呢，三位同座，真是空前。

1 Helen Vendler, *The Art of Shakespeare’s Sonnets*, p.445.

《崇拜金牛犊》，李皮（Filippino Lippi），15 世纪

我翻阅荒古时代的历史记载，
见到最美的人物被描摹尽致，
美使得古代的诗歌也美丽多彩，
歌颂着已往的贵妇，可爱的骑士；

见到古人夸奖说最美的美人有
怎样的手足，嘴唇，眼睛和眉毛，
于是我发现古代的文笔早就
表达出来了你今天具有的美貌。

那么，古人的赞辞都只是预言——
预言了我们这时代：你的仪态；
但古人只能用理想的眼睛测看，
还不能充分歌唱出你的价值来：

　　至于我们呢，看见了今天的景象，
　　有眼睛惊讶，却没有舌头会颂扬。

When in the chronicle of wasted time
I see descriptions of the fairest wights,
And beauty making beautiful old rime,
In praise of ladies dead and lovely knights,

Then, in the blazon of sweet beauty's best,
Of hand, of foot, of lip, of eye, of brow,
I see their antique pen would have express'd
Even such a beauty as you master now.

So all their praises are but prophecies
Of this our time, all you prefiguring;
And for they looked but with divining eyes,
They had not skill enough your worth to sing:

For we, which now behold these present days,
Have eyes to wonder, but lack tongues to praise.

商籁第 106 首又是一首充满书写隐喻的元诗，诗人沉思古往今来的“编年史”中对俊友所拥有的那种卓绝之美的记载，借此探讨写作者、写作技巧以及写作主题的关系。

本诗第一行中就出现了“编年史”（chronicle）一词，这个词的词源可以追溯到古老的时间之神克罗诺斯（Kronos）。我们在商籁第 19 首（《时间元诗》）中探讨过提坦神克罗诺斯是如何与古希腊语“时间”的人格化联系到一起的。莎士比亚自己在写作剧本（尤其是历史剧）时，借鉴了不少同时代和更早的编年史作品，对他影响最深远的要数霍林希德（Holinshed）于 1577 年出版的《英格兰编年史》（*Chronicle History of England*），或许还有约翰·斯托（John Stow）的《历代志，或从布鲁特到基督公元 1580 年的英格兰编年史》（*Annales, or a General Chronicle of England from Brute unto this present year of Christ, 1580*）。用英语写作的编年史作品的开山之作是多位匿名作者合著、历经数代作者的劳动、直到诺曼征服后还在各地被不断补充的《盎格鲁-撒克逊编年史》（*The Anglo-Saxon Chronicles*）。《盎格鲁-撒克逊编年史》的语言在成书的几个世纪内从古英语跨至中古英语，最后的编年条目是 1154 年——该版本被称作《彼得伯罗编年史》（*Peterborough Chronicle*），是众多《盎格鲁-撒克逊编年史》版本中最晚成书的。但是，当莎士比亚在商籁第 106 首中用“编年史”这样一个充满着宏亮回响、可以向近千年前的书写传统回溯的词语时，他所指涉的却并非具体的历史著作，而是泛指对往昔时光的记录，或任何写于过去年代的“古书”：

When in the chronicle of wasted time
I see descriptions of the fairest wights,
And beauty making beautiful old rime,
In praise of ladies dead and lovely knights
我翻阅荒古时代的历史记载，
见到最美的人物被描摹尽致，
美使得古代的诗歌也美丽多彩，
歌颂着已往的贵妇，可爱的骑士

仿佛为了和编年史–古书隐喻应和，诗人选择了当时已极少有人使用的、常用于14世纪的中古英语单词“wight”来表示“人”（person）。这么做除了押韵上的考虑，更多地是借助生僻古词与最常见的概念（“人”）之间的反差，来模仿过去时代诗人笔下的高古风格，并匹配他们笔下的“死去的淑女和可爱的骑士”。同理，第二节中也不说“绘画”（painting）而说“烫印、纹章”（blazon），不说“全身”而要模仿中世纪修辞传统中常用的“列举法”（*descriptio*），一一细数美人的手、脚、唇、眼、眉，并且将过去诗人的书写工具称为“古笔”（antique pen）：

Then, in the blazon of sweet beauty's best,
Of hand, of foot, of lip, of eye, of brow,
I see their antique pen would have express'd
Even such a beauty as you master now.
见到古人夸奖说最美的美人有
怎样的手足，嘴唇，眼睛和眉毛，
于是我发现古代的文笔早就
表达出来了你今天具有的美貌。

与本诗中的“古笔”对应的是，在商籁第 59 首（《古书元诗》）中，诗人表示希望能通过写于旧时代的“古书”（antique book），看看古人是否用文字刻画过如“你”一般卓越的佳人：

Oh that record could with a backward look,
Even of five hundred courses of the sun,
Show me your image in some antique book,
Since mind at first in character was done,
呵，但愿历史能回头看已往
（它甚至能追溯太阳的五百次运行），

为我在古书中显示出你的形象，
既然思想从来是文字所表明。

That I might see what the old world could say
To this composed wonder of your frame (11.5–10)
这样我就能明了古人会怎样
述说你形体的结构是一种奇观

商籁第 59 首最后给出的结论是否定的，诗人声称，即使阅尽古书也找不到像俊友那样完美的主题，古代的诗人们赞颂的是“远不如你的题材”（Oh sure I am the wits of former days, /To subjects worse have given admiring praise）。商籁第 59 首的侧重点是写诗者，正如过去从未有人如“你”一般美，“古书”在描摹“美”这一点上也就无一能超越“我”为“你”写下的十四行诗。商籁第 106 首的侧重点转移到了书写的主题即“你”身上，诗人宣称，古人并非没有写下出色的诗行，往昔的诗人也的确书写过“如你现在所拥有的这种美”（I see their antique pen would have express'd /Even such a beauty as you master now）。但那不是因为“他们”亲眼见过“你”这样的美人，与此相反，古人笔下无与伦比的美是出自想象力，是一种“预言”（prophecies），是对那时尚未诞生的“你”的一种预表（prefiguring，屠译作“仪态”，不确）：

So all their praises are but prophecies
Of this our time, all you prefiguring;
And for they looked but with divining eyes,
They had not skill enough your worth to sing:
那么，古人的赞辞都只是预言——
预言了我们这时代：你的仪态；
但古人只能用理想的眼睛测看，
还不能充分歌唱出你的价值来：

For we, which now behold these present days,
Have eyes to wonder, but lack tongues to praise.
至于我们呢，看见了今天的景象，
有眼睛惊讶，却没有舌头会颂扬。

然而想象终究比不上亲见，“他们”写作使用的既然是“想象之眼”（divining eyes，直译为“占卜之眼”或“灵视之眼”），也就缺乏一五一十描摹“你”的美所需要的技巧。对句中再次出现一个转折，诗人遗憾地感慨道，包括“我”在内的今日的诗人们（“我们”），虽然可以亲眼看见“你”的美而啧啧称奇，却没有相匹配的“舌头”去称颂，也就是有了卓越的主题，却缺乏与之相称的技巧。整首诗含蓄表达的结论是，无论是往昔的诗人（有技艺，缺主题），还是今天的诗人（有主题，缺技艺），都不曾如实写出俊友的美，与俊友的完美相匹配的诗歌还有待被创作。其潜台词是，“你现在所拥有的这种美”（Even such a beauty as you master now）或许已经超出了古往今来一切诗人的能力，完美主题的存在取消了技艺的正当性，甚至必要性。写诗的可能性和意义最终被取消了，这一结论也使商籁第 106 首实际上成为一首“反元诗”。

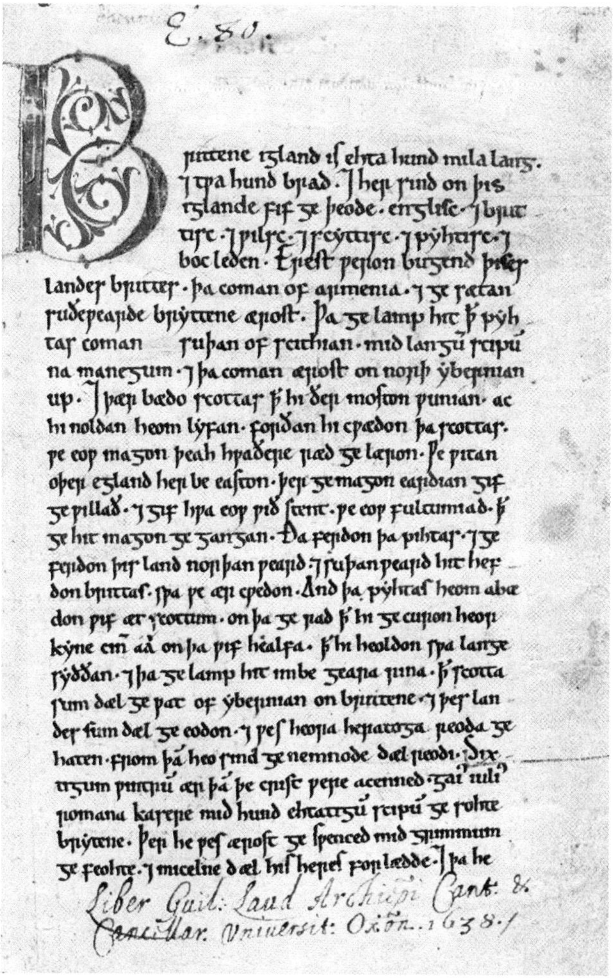

《彼得伯罗编年史》首页

梦想着未来事物的这大千世界的
预言的灵魂，或者我自己的恐惶，
都不能为我的真爱定任何限期，
尽管它假定要牺牲于命定的灭亡。

人间的月亮已经熬过了月食，
阴郁的卜者们嘲笑自己的预言；
无常，如今到了顶，变为确实，
和平就宣布橄榄枝要万代绵延。

如今，带着芬芳时节的涓滴，
我的爱多鲜艳，死神也对我臣服，
因为，不管他，我要活在这拗韵里，
尽管他侮辱遍黔淡无语的种族。

你，将在这诗中竖立起纪念碑，
暴君的饰章和铜墓却将变成灰。

商籁
第107首

月蚀
玄学诗

Not mine own fears, nor the prophetic soul
Of the wide world dreaming on things to come,
Can yet the lease of my true love control,
Supposed as forfeit to a confin'd doom.

The mortal moon hath her eclipse endur'd,
And the sad augurs mock their own presage;
Incertainties now crown themselves assur'd,
And peace proclaims olives of endless age.

Now with the drops of this most balmy time,
My love looks fresh, and Death to me subscribes,
Since, spite of him, I'll live in this poor rime,
While he insults o'er dull and speechless tribes:

And thou in this shalt find thy monument,
When tyrants'crests and tombs of brass are spent.

商籁第107首是莎士比亚公认最费解的十四行诗之一，也通常被看作一首影射时事，因此可以为诗系列写作时间提供线索的“断代诗”。女王伊丽莎白一世等人戴着月神的面具在诗中登场，宣告一个和平的新世纪的到来，但死亡的阴影始终潜伏，不曾离开。

早期断代者们一般认为商籁第107首写于1596年，时值伊丽莎白一世63岁。63是7与9这两个神秘的“不完满”数字的乘积，因而被认为是一个人一生中尤为凶险和充满变数的寿数，即所谓“周期年”（climacteric number）。数理学派们认为，商籁第107首是商籁第100首之后出现的第一首带数字“7”的十四行诗，这一点与其内容紧密相关。当时许多星相学家和鸟占师都预言过，1596年对于英国或女王都将是个动荡不安、充满灾祸的年份。最终，女王安然度过了63岁这个周期年，却将在下一个周期年（1603年）死去，享年70岁。

本诗第一节就充满了末日降临的千禧主义氛围，诗人强调“无论是我自己的恐惧，还是浩渺世界的先知灵魂”都不能“掌控我真爱的租期”，其潜台词是，彼时这样的恐惧和预言确实充斥在诗人周围，威胁要将他的真爱没收去作为“受限的末日”的抵押物：

Not mine own fears, nor the prophetic soul

Of the wide world dreaming on things to come,
Can yet the lease of my true love control,
Supposed as forfeit to a confin'd doom.
梦想着未来事物的这大千世界的
预言的灵魂，或者我自己的恐惶，
都不能为我的真爱定任何限期，
尽管它假定要牺牲于命定的灭亡。

第二节中出现了本诗的核心意象“人间的月亮”（the mortal moon），或译作“必朽的月亮”，以阴性形式出现的这枚月亮“挺过了她的月蚀”(her eclipse endur'd)。在伊丽莎白时期的宫廷诗歌传统中，将女王比作月神辛西娅（Cynthia）是老生常谈，因此这一词组最早抓住学者的眼球，成为他们判定本诗在讲述女王刚刚安然度过 63 岁这个危险的周期年的证据。更何况，1595 年英国的确发生了一次被广泛观察到并造成恐慌的月全食，让人想到所谓“必朽的月亮”的死亡，这份必朽性本身也在月亮每个月从满月变作新月的盈亏中周而复始地上演。

假如我们从 1595 年 9 月 7 日女王满 62 周岁，开启人生的第 63 个年头来计算，这一年的确充满了“预兆”（presage）和“不确定性”（incertainties)。女王的宠臣埃塞克斯伯爵罗伯特·德弗罗（Robert Devereux）由于过度插手内政、出言不当等原因而于当年失宠，关于这位“罗宾”（埃塞克斯伯爵的昵称）正密谋叛变女王的谣言四起，而莎士比亚的恩主、俊美青年、本诗中“我的真爱”的热门人选南安普顿伯爵至死都是埃塞克斯伯爵的忠实追随者。女王不会留下子嗣已成定局，有证据表明从这一年起她开始以函授的方式训练她的接班人——苏格兰国王詹姆士六世（James VI，未来的英格兰国王詹姆士一世），但仍向公众隐瞒了王位继承的信息，唯恐海外天主教势力在詹姆士登基前策划暗杀他。多年来为女王积极开辟航路、争取海外殖民权益的两员大将约翰·霍金斯爵士（Sir John Hawkins）和弗朗西斯·德雷克爵士（Sir Francis Drake）分别于1595年底和1596年初葬身海底，其海盗式的冒险活动也宣告终结。曾在上一个周期年（1588年）惨败于英军手下的西班牙无敌舰队改进了装备，扩大了规模，准备渡过英吉利海峡卷土重来……

而1596年也是莎士比亚最大的个人悲剧之年，他唯一的儿子哈姆内特（Hamnet Shakespeare）8月初在斯特拉福镇老家死于疯狗咬伤，年仅11岁。到了10月，纹章院终于将约翰·莎士比亚梦寐以求、威廉·莎士比亚多年苦苦争取的家徽和乡绅称号颁布给了莎士比亚家族，家徽上的格言是Non Sans Droit（法语“并非无权”）。莎士比亚为这一天可以说等了一辈子，他和他的家族却不再有任何男丁可以继承这一来之不易的家徽。此时我们再来重读第二节四行诗，或许可以读到一些苦涩而勉力的自我慰藉：

The mortal moon hath her eclipse endur'd,
And the sad augurs mock their own presage;
Incertainties now crown themselves assur'd,
And peace proclaims olives of endless age.
人间的月亮已经熬过了月食，
阴郁的卜者们嘲笑自己的预言；
无常，如今到了顶，变为确实，
和平就宣布橄榄枝要万代绵延。

看起来，随着 1596 年 9 月 7 日伊丽莎白一世即将满 63 周岁，英国国内的局势在不断改善：埃克赛特伯爵重新得宠，其率领的赴西班牙的远征舰队在加地斯大获全胜；伦敦充满了欢庆远征军凯旋的烟花和钟声；女王本人也在健康和胜利中庆祝了周期年生日……第二节中“未来无尽的橄榄枝”（olives of endless age）以及第三节中“太平日子滴下的香膏”（drops of this most balmy time）都驳斥了此前一年满天飞舞的凶兆，预示了一个新的太平盛世。我们当然知道这一切只是暂时的，死神只是暂时收起了自己的镰刀，女王将于下一个周期年驾崩，王位将易手，都铎王朝的日子将终结，让位给新的国君和新的朝代（斯图亚特王朝）。但至少此时，诗人似乎能够搁置个人生活中的悲剧，至少在“贫乏的诗韵”（poor rime）中活着，唱出最乐观的调子，宣称“死神已降伏”，并预告他的爱人终将在诗歌的“纪念碑”中得到永生：

Now with the drops of this most balmy time,
My love looks fresh, and Death to me subscribes,
Since, spite of him, I'll live in this poor rime,
While he insults o'er dull and speechless tribes:
如今，带着芬芳时节的涓滴，
我的爱多鲜艳，死神也对我臣服，
因为，不管他，我要活在这拗韵里，
尽管他侮辱遍黔淡无语的种族。

And thou in this shalt find thy monument,
When tyrants'crests and tombs of brass are spent.
你，将在这诗中竖立起纪念碑，
暴君的饰章和铜墓却将变成灰。

和月蚀等天象奇观一样，反常的气候也常被看作预示着人间的悲剧。莎士比亚常用季候的错位来象征人世的险象环生，其中著名的一例出现在《仲夏夜之梦》第二幕第一场中：

The seasons alter: hoary-headed frosts
Fall in the fresh lap of the crimson rose,
And on old Hiems'thin and icy crown
An odorous chaplet of sweet summer buds
Is, as in mockery, set. The spring, the summer,
The childing autumn, angry winter, change
Their wonted liveries, and the mazed world,
By their increase, now knows not which is which. (ll. 112–19)

因为天时不正，季候也反了常：白头的寒霜倾倒在红颜的蔷薇的怀里，年迈的冬神却在薄薄的冰冠上嘲讽似的缀上了夏天芬芳的蓓蕾的花环。春季、夏季、丰收的秋季、暴怒的冬季，都改换了他们素来的装束，惊愕的世界不能再凭着他们的出产辨别出谁是谁来。

伊丽莎白一世的“寓言肖像”，死神与时间分立左右，约1610年

难道我脑子里还留着我半丝真意
能写成文字的，没有对你写出来？
能表达我的爱和你的美德的语文里
还有什么新东西要说述和记载？

没有，甜孩子；但是，像祈祷一般，
我必须天天把同样的话语宣讲；
“你是我的，我是你的，”不厌烦，
像当初我崇拜你的美名一样。

那么，我的爱就能既新鲜又永恒，
藐视着年代给予的损害和尘污，
不让位给那总要来到的皱纹，
反而使老年永远做他的僮仆；

　　尽管时光和外貌要使爱凋零，
　　真正的爱永远有初恋的热情。

商籁第 108 首

祈祷
情诗

What's in the brain, that ink may character,
Which hath not figur'd to thee my true spirit?
What's new to speak, what now to register,
That may express my love, or thy dear merit?

Nothing, sweet boy; but yet, like prayers divine,
I must each day say o'er the very same;
Counting no old thing old, thou mine, I thine,
Even as when first I hallow'd thy fair name.

So that eternal love in love's fresh case,
Weighs not the dust and injury of age,
Nor gives to necessary wrinkles place,
But makes antiquity for aye his page;

Finding the first conceit of love there bred,
Where time and outward form would show it dead.

菲利普·西德尼爵士的《爱星者与星》十四行诗系列只有 108 首，108 是西德尼爵士情诗马拉松的终点，却为莎士比亚刚过中点不久的诗系列拉开了新的帷幕。第 107 首中提到的种种国家或个人的险境完全被搁置不提，诗人与俊友之间的旧日嫌隙也已翻篇，爱情得到了更新，并在每日的祈祷仪式中不断保鲜。

诗人在第一节四行诗中回应了《旧约·传道书》中关于日光之下无新事的古训，正如明日再次升起的太阳不会带来新的事物，已有的事后必再有，"我"也没有新的语言可以向"你"剖白心中的爱，或显现"我真实的灵魂"（my true spirit），因为之前那些情诗已经穷尽了"我"的言辞：

What's in the brain, that ink may character,
Which hath not figur'd to thee my true spirit?
What's new to speak, what now to register,
That may express my love, or thy dear merit?
难道我脑子里还留着我半丝真意
能写成文字的，没有对你写出来？
能表达我的爱和你的美德的语文里
还有什么新东西要说述和记载？

即使自己并没有新的辞章，诗人却要对他"甜蜜的男孩”告白说，他要每天重复同样的内容，如同每日例行的“神圣的祈祷”一样。法国人类学家马塞尔·莫斯（Marcel Mauss）在20世纪研究祈祷的最有趣的一本未完成之作《论祈祷》（*On Pray*）中将祈祷定义为“一种直接作用于神圣事物的口头宗教仪式”，并着重关注祈祷作为“话语形成”（word-formation）仪式的规则。而日复一日的重述，对同样的名号的反复念诵，对同一心愿的再三重申，恰是祈祷之话语形成仪式的核心特征：

> Nothing, sweet boy; but yet, like prayers divine,
> I must each day say o'er the very same;
> Counting no old thing old, thou mine, I thine,
> Even as when first I hallow'd thy fair name.
> 没有，甜孩子；但是，像祈祷一般，
> 我必须天天把同样的话语宣讲；
> “你是我的，我是你的，”不厌烦，
> 像当初我崇拜你的美名一样。

第二节——尤其是第8行中使用的hallow（尊圣，荣耀）一词——对主祷文（Lord's Prayer）首句的呼应再明显不过，“我们在天上的父：愿人都尊你的名为圣”（Our Father, which art in heaven, hallowed be thy name）。莎士比亚的同时代基督徒读者不太可能不注意到这一情诗语言在宗教语境中的回响。与主祷文结构相似的是，我们看到诗人“祷告”的对象始终不变——被爱的“你”；他的心愿也始终不变，就是要让“你成为我的，我成为你的”；他在亵神的边缘反复试探，想要尊之为圣的名号也始终是同一个——“你美丽的名字”。莫斯认为，作为一种言语仪式的祈祷，首先是一种希求发生某种效力的行为：“它总是意味着一种努力，花费体力或者精神去导致某种结果……祈祷也是有灵验性的，独一无二的灵验性，因为祈祷的言语能够引起非同寻常的现象。”[1] 那么诗人在这里希望借助“祈祷”引起的现象是什么?

So that eternal love in love's fresh case,
Weighs not the dust and injury of age,
Nor gives to necessary wrinkles place,
But makes antiquity for aye his page
那么，我的爱就能既新鲜又永恒，
藐视着年代给予的损害和尘污，
不让位给那总要来到的皱纹，
反而使老年永远做他的僮仆

第三节起始的 so that 引出了诗人真正的心愿，也是他

1 马塞尔·莫斯，《论祈祷》，第63—66页。

希求每日的祈祷触发的效应：让爱情永驻在青春的珠宝匣中，让易变的爱成为无机物般的珠宝；不因时光摧残而遍生皱纹，能在纸页中永久保存过去的时光。所谓“爱情青春的珠宝匣”也就是诗人笔下反复写却日日新的诗行，情诗与元诗的主题在全诗末尾合二为一：

> Finding the first conceit of love there bred,
> Where time and outward form would show it dead.
> 尽管时光和外貌要使爱凋零，
> 真正的爱永远有初恋的热情。

莎士比亚常有意在诗句中保留同一个词的语义开放性，第 13 行中的 first conceit of love（梁宗岱译“最初的爱苗”）在早期现代英语中可以表示“爱情最初的奇喻”，也能表示“爱情最初的孕育”（conception）。无论是哪一种，“回到最初”的诉求在本诗中已是第二次被强调（第一次是在第 8 行中，“像当初我崇拜你的美名一样”）。诗人仿佛太过了解时光与死神为盟时不可抵挡的破坏力，而要在时间摧毁爱人或者自己的爱（两者都用第 4 行中的 my love 表达）前，通过日复一日的、仪式性的祈祷，来阻挡光阴前行的脚步，以期完成用写诗来为爱情“保鲜”的心愿。“祈祷只能通过言语来实现，而言语是最具有形式性的事物。所以，形式的效力在祈祷中最为彰显无遗。在语言上的创造，正是其他一切创造的源头。"[1]——莫斯的这段话，恰如对商籁第108首之诗旨的最佳注解。

时光可以为日复一日的祈祷驻留，更多情况下却只是波浪般向某个终点奔涌，成为人类亘古不变的愚行的纪年。《麦克白》第五幕第五场第18—28行中有一段关于明日的阴郁独白，全面展现了光阴更替的单调性和终极虚无性，一个个明日必将徒劳无功地成为昨日，这份形而上的绝望与麦克白精神和处境上的绝望，在独白的最后已无法分离：

Tomorrow, and tomorrow, and tomorrow,
Creeps in this petty pace from day to day,
To the last syllable of recorded time;
And all our yesterdays have lighted fools
The way to dusty death. Out, out, brief candle!
Life's but a walking shadow, a poor player,
That struts and frets his hour upon the stage,
And then is heard no more. It is a tale
Told by an idiot, full of sound and fury,
Signifying nothing.
明天，明天，
再一个明天，

1 马塞尔·莫斯，《论祈祷》，第66页。

一天接着一天地蹑步前进，

直到最后一秒钟的时间；

我们所有的昨天，

不过替傻子们照亮了到死亡的土壤中去的路。

熄灭了吧，熄灭了吧，短促的烛光！

人生不过是一个行走的影子，

一个在舞台上指手划脚的拙劣的伶人

登场了片刻，就在无声无臭中悄然退下；

它是一个愚人所讲的故事，

充满着喧哗和骚动，

找不到一点意义。

《麦克白夫人的梦游》，福斯利（Johann Heinrich Füssli），1781—1784 年

商籁
第 109 首

“我的玫瑰”
情诗

啊，请无论如何别说我负心，
虽然我好像被离别减少了热力。
我不能离开你胸中的我的灵魂，
正如我也离不开自己的肉体；

你的胸膛是我的爱的家：我已经
旅人般流浪过，现在是重回家园；
准时而到，也没有随时光而移情，——
我自己带水来洗涤自己的污点。

虽然我的品性中含有一切人
都有的弱点，可千万别相信我会
如此荒谬地玷污自己的品性，
竟为了空虚而抛弃你全部优美；

　　我说，广大的世界是空空如也，
　　其中只有你，玫瑰呵！是我的一切。

O! never say that I was false of heart,
Though absence seemed my flame to qualify,
As easy might I from my self depart
As from my soul which in thy breast doth lie:

That is my home of love: if I have ranged,
Like him that travels, I return again;
Just to the time, not with the time exchanged,
So that myself bring water for my stain.

Never believe though in my nature reigned,
All frailties that besiege all kinds of blood,
That it could so preposterously be stained,
To leave for nothing all thy sum of good;

For nothing this wide universe I call,
Save thou, my rose, in it thou art my all.

商籁第109首是十四行诗系列中，诗人直接用“我的玫瑰”来称呼俊友的唯一一首诗，类似于在拉丁文中采用呼格，具有举足轻重的意义。同时，这也是俊美青年序列中最后一首出现玫瑰意象的诗。

本诗的开篇，与之前的第108首和紧接着的第110首一样，可以看作对一种没有直接写出的、源自俊友的“控诉”的回应：千万别说我虚情假意，尽管缺席看起来减少了我的爱焰（O! never say that I was false of heart, /Though absence seemed my flame to qualify）。莎士比亚也多次在剧中将动词“qualify”用作“减少、减轻，稀释”之义，比如在《哈姆雷特》第四幕第七场中，“爱情源自时间，时间却也减少爱情的火光和烈焰”（“Love is begun by Time: And Time qualifies the spark and fire of it”，l.114）。商籁第109首属于情诗中的“申辩诗”，这一文体可以上溯至古希腊罗马文学中的申辩辞。诗人为自己的“真”申辩：正如“我”无法与自己（的身体）分离，“我”也无法与“我的灵魂”分离；而“我的灵魂”是在“你的心中”，那里是“我”爱情的归属地（As easy might I from my self depart/As from my soul which in thy breast doth lie: /That is my home of love ...）。

第二节四行诗同样被“归家”的修辞统御，诗人写道，即使“我”曾经漂泊如一个走失的浪子，现在我已归来

（… if I have ranged, /Like him that travels, I return again）。这里 range（漫游）一词的近义词有 wander、roam、depart from the right course 等，表面描写物理上的浪游和走失，暗示诗人在这段时间内出于巡回演出等原因不在俊友身边，两人被迫分离（这也是第 110、113、117 等几首"申辩诗"的叙事语境）。该词同时也影射心灵的"偏失"，诗人承认曾经受到诱惑，另寻新欢，在对俊友的爱情中犯了错误，尽管他在第 10 行中辩解说，那是一些血肉之躯都会犯的错（frailties that besiege all kinds of blood）。"犯错是人的天性"（*Errare humanum est*），一如小塞内加所言，而 *errare* 这个拉丁文动词的本义即为"偏离方向，走失"。诗人在这里化用了"浪子归家"（The Return of the Prodigal Son）这一源自《新约·路加福音》的重要文学母题："你"是"我"的爱栖息的地方，是"我"灵魂的居所，"你"就是"我的家"。"我"虽曾远游和迷失，如今却已"准时回家，没有被时光更改"，并且"带来了洗去我污点的圣水"（"我"悔恨的眼泪）。

That is my home of love: if I have ranged,
Like him that travels, I return again;
Just to the time, not with the time exchanged,
So that myself bring water for my stain.
你的胸膛是我的爱的家：我已经

旅人般流浪过，现在是重回家园；
准时而到，也没有随时光而移情，——
我自己带水来洗涤自己的污点。

诗人如《路加福音》中的浪子般请求俊友的原谅，请他切莫相信，自己的天性会那么荒唐，以至于犯下这样的罪：离开“你”这至高的善，去追求虚无，或一文不值之物（That it could so preposterously be stained, /To leave for nothing all thy sum of good）。这里的 thy sum of good 是拉丁文 *summun bonum* 的英语化用，直译是“一切善的总和”，该短语最初的使用者是古罗马演说家西塞罗，到了中世纪经院哲学中，则被托马斯·阿奎那（Thomas Aquinas）等定义为遵照基督的教导度过的一生。同之前的浪子归家、用水洗去罪迹或“污点”（stain, stained）、虚空（nothingness）等措辞结合起来，莎士比亚这首诗的宗教氛围十分显著，而我们早就在诸如商籁第 31 首等之前的作品中见识过诗人用神学语汇刻画凡间爱情的技巧。不过，在商籁第 109 首中，万千话语最终都在对句中归于一个熟悉的意象：

For nothing this wide universe I call,
Save thou, my rose, in it thou art my all.
这广袤宇宙中的一切我都不看重

除了你，我的玫瑰，寰宇中你是我的一切。

（包慧怡 译）

“玫瑰”这个如其花瓣一般反复的譬喻，在莎士比亚的第1首商籁中就已提纲挈领地出现过，并随着整个十四行诗系列的展开而日渐葳蕤，在语言的王国中，在莎士比亚这名“绿拇指”园丁的巧手下，不断伸出新的枝条，不断获得新的生命，到了本诗末尾则凝聚成一声深情的呼唤：“我的玫瑰。”这是包括莎士比亚在内的无数古今诗人献给爱人的最高赞誉，一个综合了一切美善的称呼，比如在苏格兰浪漫派诗人罗伯特·彭斯这首被谱成歌谣的名诗《我的爱是一朵红红的玫瑰》中：

O my Luve's like a red, red rose
That's newly sprung in june;
O my Luve's like the melodie
That's sweetly play'd in tune ...
噢，我的爱是一朵红红的玫瑰
六月里初次绽放；
噢，我的爱是一支和谐的旋律
甜蜜地被弹奏……

（包慧怡 译）

到了现代，爱尔兰诗人叶芝在他出版于1893年的诗集《玫瑰集》（*The Rose*）中，用一系列玫瑰诗更新着玫瑰这种“莎士比亚之花”的内涵。这本诗集中的第一首《致时间十字架之上的玫瑰》即体现了叶芝强大的综合整饬能力，“玫瑰”这个亘古的意象在其中得到了前所未有的灵活运用，成为一种具有高度创造性的符号。叶芝用“玫瑰”来呼唤的不仅是他的爱人，还有故乡，还有爱尔兰民族精神，乃至“一切善的总和”：“红玫瑰，骄傲的玫瑰，我一切时日的悲伤玫瑰！/ 走近我，当我吟唱那些古老的传说……人类的命运已不再教我目盲，/ 我在爱与恨的树枝底下，/ 在所有命若蜉蝣的愚昧中央 / 找到了浪游途中的、永恒不朽的美。”（包慧怡 译）

商籁第109首出现在献给俊美青年的组诗即将终结之处，诗人在此诗中再次肯定爱人是“至高的善”，并用第一人称所有格的“玫瑰”来为这段爱情正名：爱“你”就是爱“玫瑰”，爱“你”就是让灵魂归家，就是回到浩渺宇宙中“我”唯一的归宿。至此，在莎士比亚这里，玫瑰早已不是花园、植物图谱、词典中的万花之王，而是一张流动的符号之网，一种以名词、动词和形容词形态不断枝繁叶茂着的元诗的象征。

《黑里奥加巴卢斯的玫瑰》，塔德玛（Lawrence Alma-Tadema），1888 年

唉！真的，我曾经到处地往来，
让自己穿上了花衣供人们赏玩，
嘲弄自己的思想，把珍宝贱卖，
用新的感情来冒犯旧的情感。

真的，我曾经冷冷地斜着眼睛
去看忠贞；但是，这一切都证实：
走弯路促使我的心回复了青春，
我历经不幸才确信你爱我最深挚。

一切都过去了，请接受我的无底爱：
我永远不会再激起我一腔热情
去追求新交，而把老朋友伤害，
老朋友正是拘禁了我的爱之神。

那么，我的第二个天国啊，请张开
你最亲最纯的怀抱，迎我归来！

Alas! 'tis true, I have gone here and there,
And made my self a motley to the view,
Gor'd mine own thoughts, sold cheap what is most dear,
Made old offences of affections new;

Most true it is, that I have look'd on truth
Askance and strangely; but, by all above,
These blenches gave my heart another youth,
And worse essays prov'd thee my best of love.

Now all is done, save what shall have no end:
Mine appetite I never more will grind
On newer proof, to try an older friend,
A god in love, to whom I am confin'd.

Then give me welcome, next my heaven the best,
Even to thy pure and most most loving breast.

商籁第 110 首延续了第 109 首中的“浪子回头”主题，诗人进一步完成了对自己爱情的申辩。同时，这首诗也被看作十四行诗系列中为数不多的、莎士比亚直接谈论其主业——“演员”——的作品。

诗人在上一首商籁中向俊友坦白了自己的一次或多次“不忠”，这次不忠被描绘为一次浪游或走失，其终点则是重回俊友的怀抱，称俊友为自己唯一的“爱情之家”，而自己的迷途知返是一次情感和精神上的“归家”，“你的胸膛是我的爱的家：我已经 / 旅人般流浪过，现在是重回家园”（ll.5–6, Sonnet 109）。到了本诗第一节中，他再次叙述了自己的“浪游”，只不过这次流浪不仅是情感上的，还更多地是指现实层面的“东奔西跑”。莎士比亚提到自己在这种奔走中“扮作穿花衣的小丑”（made my self a motley），这就很容易让人想到他的本职——剧作家、剧院经理、导演，以及偶然为之的，在自己或别人的戏剧中扮演跑龙套的小角色（莎士比亚曾扮演《哈姆雷特》中老国王的鬼魂）。motley 本来是指用鲜艳的杂色破布拼接而成的花衣，莎剧中最常穿 motley 的就是各种弄臣小丑的角色，因此诗人有时也用 motley 来指代丑角：

Alas! 'tis true, I have gone here and there,
And made my self a motley to the view,

Gor'd mine own thoughts, sold cheap what is most dear,
Made old offences of affections new
唉！真的，我曾经到处地往来，
让自己穿上了花衣供人们赏玩，
嘲弄自己的思想，把珍宝贱卖，
用新的感情来冒犯旧的情感。

在伊丽莎白一世和詹姆士一世时期的英国，演员是一个地位低下的行业，被看作比流浪汉好不了多少的“无主之人”，可能出于各种原因被逮捕、鞭打、戴上桎梏或烫上烙印，因此演员及其剧团都要依附于某名位高权重的贵族或行会主以寻求庇护。但做一个演员要求解锁的技能树又十分复杂：一名好演员需要同时是乐师，会弹奏西特拉琴、鲁特琴、曼陀林或拉低音六弦提琴；其次还需要会格斗，至少是假装花拳绣腿地打斗一番，以应对剧中充斥的暴力场景；再次，他得是一名舞蹈家，“无论是悲剧还是喜剧，剧终时演员们都要表演一场复杂的舞蹈”；最后，他还要懂得穿衣的艺术，懂得如何在紧身裤里恰到好处地凸显双腿的曲线。[1] 年少时当过见习演员的莎士比亚很可能需要向不同的人学习不同的技艺，因此从小就习惯了“东奔西跑”，而他成年后的剧作家和剧院经理角色，以及他和他的剧团鹊起的声名，都可能使他在职业盛期和后期越来越经常地

1 斯蒂芬·格林布拉特，《俗世威尔——莎士比亚新传》，第 43—45 页。

出差，踏上与俊友分离的浪游之旅，并有机会在新的地点结识新的“俊美青年”，发生新的艳遇：

Most true it is, that I have look'd on truth
Askance and strangely; but, by all above,
These blenches gave my heart another youth,
And worse essays prov'd thee my best of love.
真的，我曾经冷冷地斜着眼睛
去看忠贞；但是，这一切都证实：
走弯路促使我的心回复了青春，
我历经不幸才确信你爱我最深挚。

第 7 行是一个相当暧昧的句子，“这些偏转给我的心带来了新的青春”，也可以是“这些偏转给我的心带来了新的少年”（another youth）。当然，诗人把自己这种心的“偏转”谴责为“斜眼看真理”或“斜眼看真爱”，说他所有艳遇方面的“尝试”（essays）都是“更糟糕的”（worse），不过证明（prov'd）了只有“你”是我“最爱的人”或“最好的爱人”（best of love）。essay 的这个早期义项来自法语动词 essayer，蒙田（Michel de Montaigne）用这个动词的复数名词形式为自己的《散文集》（*Essaies*）取了书名，准确的译法其实是《尝试集》，一种对新文体的尝试。本诗中，诗人提及的这些 essays 却是对新的爱人、新的情感经历的尝试。在第 8 行中，表示“证明”的动词 prove，其词源是拉丁文动词 *probare*，也有挑战、尝试、试探的意思。在本诗下一节中，prove 这层在现代英语中逐渐失落的词义会以名词形式明确地出现。诗人说他不会再度“在新的尝试中”（on newer proof）磨利自己的欲望，或者去“试探老朋友”（try an older friend），essay-prove-try 这一串近义词在此获得了词源－语文学－诗学中的多重关联：

Now all is done, save what shall have no end:
Mine appetite I never more will grind
On newer proof, to try an older friend,
A god in love, to whom I am confin'd.
一切都过去了，请接受我的无底爱：
我永远不会再激起我一腔热情
去追求新交，而把老朋友伤害，
老朋友正是拘禁了我的爱之神。

第三节再次将我们带回第 109 首中已经出现过的“浪子回头”主题。《路加福音》第 15 章借耶稣之口讲述了这个比喻：“一个人有两个儿子；小儿子对父亲说：‘父亲，请你把我应得的家业分给我。’他父亲就把产业分给他们。过了不多几日，小儿子就把他一切所有的都收拾起来，往远方去了。在那里任意放荡，浪费资财。既耗尽了一切所有的，又遇着那地方大遭饥荒，就穷苦起来。于是去投靠那地方的一个人；那人打发他到田里去放猪。他恨不得拿猪所吃的豆荚充饥，也没有人给他。他醒悟过来，就说：'我父亲有多少的雇工，口粮有余，我倒在这里饿死吗？我要起来，到我父亲那里去，向他说：父亲！我得罪了天，又得罪了你；从今以后，我不配称为你的儿子，把我当作一个雇工吧。'于是起来往他父亲那里去。相离还远，他父亲看见，就动了慈心，跑去抱着他的颈项，连连与他亲嘴。儿子说：'父亲！我得罪了天，又得罪了你；从今以后，我不配称为你的儿子。'父亲却吩咐仆人说：'把那上好的袍子快拿出来给他穿；把戒指戴在他指头上，把鞋穿在他脚上；把那肥牛犊牵来宰了，我们可以吃喝快乐；因为我这个儿子是死而复活，失而又得的。'他们就快乐起来。"（《路加福音》15：1–14）。然后才是故事的高潮部分：大儿子觉得父亲如此善待浪荡子弟弟是对自己的不公正，他这么多年兢兢业业服侍父亲，连一只羊都没得到，现在父亲却为这个败家子宰牛。父亲对大儿子的抗议是这样回答的："儿啊！你常和我同在，我一切所有的，都是你的；只是你这个兄弟是死而复活，失而又得的，所以我们理当欢喜快乐。"（《路加福音》15：31–32）

在商籁第110首的第12行中，诗人已经将俊友称作一位神明，这位神爱着诗人也为诗人所爱，又是一切情人中最好的，因此诗人最终发现自己必须对他保有绝对的忠诚（A god in love, to whom I am confin'd）。到了对句中，诗人更是将自己在爱情领域的"浪子回头"提升到宗教高度，请求俊友如《新约》中的老父亲那般，重新用自己"最最亲爱的怀抱"接纳他，并将爱人称为"除天堂之外最好的事物"——天堂或许能提供来世救赎，但在此时此地的这个世界上，爱人就是他唯一可能的救赎：

Then give me welcome, next my heaven the best,
Even to thy pure and most most loving breast.
那么，我的第二个天国啊，请张开
你最亲最纯的怀抱，迎我归来！

《浪子回头》，伦勃朗，1668—1669 年，
现藏圣彼得堡冬宫博物馆

请你为我去谴责命运吧。唉，
这让我干有害事业的罪恶女神！
除公共风习养育的公共方式外，
她不让我的生活有更好的前程。

因此我名字只得把烙印承受，
我的天性也大体屈服于我所
从事的职业了，好像染师的手：
那么，你该可怜我，巴望我复活；

而我像病人，心甘情愿地吞服
醋药来驱除我身上严重的疫病；
任何苦药我都不觉得它苦，
赎罪再赎罪，不当作两度苦行。

　　可怜我吧，爱友，我向你担保，
　　你对我怜悯就足以把我医好。

O! for my sake do you with Fortune chide,
The guilty goddess of my harmful deeds,
That did not better for my life provide
Than public means which public manners breeds.

Thence comes it that my name receives a brand,
And almost thence my nature is subdu'd
To what it works in, like the dyer's hand:
Pity me, then, and wish I were renew'd;

Whilst, like a willing patient, I will drink,
Potions of eisel 'gainst my strong infection;
No bitterness that I will bitter think,
Nor double penance, to correct correction.

Pity me then, dear friend, and I assure ye,
Even that your pity is enough to cure me.

古罗马命运女神福尔图娜（Fortuna）虽然脱胎自古希腊神话中的命运三姐妹（Moirai），其视觉表现却与希腊传统大相径庭：一位而不是三位，转动象征人世沉浮的车轮，而不是纺线。到了古代晚期至中世纪，时刻转动运数之轮的命运女神常被表现为一名瞎眼的、头戴王冠的贵妇或王后，这位“福尔图娜女士”（Lady Fortuna）是诗歌中最重要的寓意人物之一，比如乔叟就在他不那么著名的一首道德训喻诗《诚实：提供好建议的歌谣》中以中古英语描述了人格化的命运的形象：

Tempest thee noght al croked to redresse
In trust of hir that turneth as a bal;
Gret reste stant in litel besinesse.
Be war therfore to sporne ayeyns an al,
Stryve not, as doth the crokke with the wal.
Daunte thyself, that dauntest otheres dede,
And trouthe thee shal delivere, it is no drede. (ll.7–14)
不要费心去纠正所有错误
要信任她，那飞转如轮的命运；
一动不如一静，少扰则多安。
小心不要抬起脚踢到锥子，
不要像瓦罐撞墙般胡乱挣扎。

想掌控别人行为的人，先控制你自己，

毫无疑问，诚实会让你解脱。

（包慧怡 译）

到了文艺复兴时期，寓言诗以及文学中普遍的寓言式写作的倾向式微，但命运女神的形象仍然强有力地存在于诗歌中，作为普遍的逆境的人格化形象频频出现。比如莎士比亚就在商籁第 111 首中要求俊友谴责命运女神，因为她是“为我带来种种伤害”或者“迫使我做出种种害人之事”的“有罪的女神”：

O! for my sake do you with Fortune chide,

The guilty goddess of my harmful deeds,

That did not better for my life provide

Than public means which public manners breeds.

请你为我去谴责命运吧。唉，

这让我干有害事业的罪恶女神!

除公共风习养育的公共方式外，

她不让我的生活有更好的前程。

第 4 行的“滋养放荡的公开谋生的手段”（public means which public manners breeds）可谓对演员职业的

直白描述，在舞台上公开演戏这一行为在当时就被看作有伤风化（故绝不允许女性登台），这种“公开谋生的手段”（public means）被认为会导致放浪形骸的言行举止（public manners）。此处第二个 public 中直白的贬义在《奥赛罗》第四幕第二场中也出现过，当时奥赛罗指责苔丝狄蒙娜是个娼妓：“犯了什么罪恶！啊，你这人尽可夫的娼妇！”（What committed? /Committed! O thou public commoner! ll.73–74）我们在上一首诗的解读中提过，莎士比亚生活的英国轻视演员这个阶级，可以随便找个理由将“戏子们”逮捕、鞭打、戴上枷锁甚至烫上侮辱性的烙印，这种情况也在本诗下一节中“我的名字被烫上了烙印”里得到了双关影射：

Thence comes it that my name receives a brand,
And almost thence my nature is subdu'd
To what it works in, like the dyer's hand:
Pity me, then, and wish I were renew'd
因此我名字只得把烙印承受，
我的天性也大体屈服于我所
从事的职业了，好像染师的手：
那么，你该可怜我，巴望我复活

诗人说自己的本性“被职业玷污，如同染匠的手”——

染匠（dyer）同样是当时英国社会中地位低下的职业。作为一名成功的剧作家和演员，或许最终有可能跻身上流阶层的圈子，就如莎士比亚自己的职业生涯所证明的那样；但若以成为贵族为目的而给自己规划了献身戏剧的人生，这就十分愚蠢了，一如格林布拉特所言："想要提高社会地位，当演员或是当剧作家很可能是想象得出的最糟糕的手段，就类似于想通过当妓女来成为贵夫人。但正像妓女变成贵夫人的传奇故事那样，某些职业中确实有强大的摹仿魔力在起作用。"[1] 如此受限于平民的出身（即使母亲出生的阿登家族可以追溯到古老的望族），职业又难以为自己带来好名声，莎士比亚在面对他家世显赫的贵族俊友时卑微地提出"怜悯我"（Pity me）的请求，这与他在两人情感关系中所处的劣势地位构成了平行。在下一节中，诗人进一步自比为"心甘情愿的病人"，说自己为了治好"严重的感染"情愿喝下苦涩的醋汁：

Whilst, like a willing patient, I will drink,
Potions of eisel 'gainst my strong infection;
No bitterness that I will bitter think,
Nor double penance, to correct correction.
而我像病人，心甘情愿地吞服
醋药来驱除我身上严重的疫病；

1 斯蒂芬·格林布拉特，《俗世威尔——莎士比亚新传》，第 44 页。

任何苦药我都不觉得它苦，
赎罪再赎罪，不当作两度苦行。

此节对于甘愿饮下苦醋汁的叙述，除了深切悔罪的语调，其他方方面面都让人想起《新约》中记载的耶稣关于饮水的两次话语。它第一次出现在被捕当晚耶稣在客西马尼园的祷告中，除《约翰福音》外，三本对观福音书（synoptic gospels）都记载了耶稣在客西马尼园里的关于“苦杯”的祈祷，以《马太福音》的记载为例：“我父啊，倘若可行，求你叫这杯离开我；然而，不要照我的意思，只要照你的意思。”（《马太福音》26：39）第二次饮水叙事出现在耶稣被钉上十字架后的临终时刻，四福音书中都有重点不同的记载，以《约翰福音》为例：“这事以后，耶稣知道各样的事已经成了，为要使经上的话应验，就说：‘我渴了！’有一个器皿盛满了醋，放在那里，他们就拿海绒蘸满了醋，绑在牛膝草上，送到他口。耶稣尝了那醋，就说：‘成了！’便低下头，将灵魂交付神了。”（《约翰福音》19：28–30）正如这两例经文中耶稣都是心甘情愿的“饮苦者”，莎士比亚也在第111首这以斥责命运不公开篇的商籁结尾处，采取了顺从的姿态，自述为“心甘情愿的病人”——不是为了自比为神，而是为了向在他的心灵祭坛上被尊为神的爱人二次祷告：

Pity me then, dear friend, and I assure ye,
Even that your pity is enough to cure me.
可怜我吧，爱友，我向你担保，
你对我怜悯就足以把我医好。

16 世纪的英国广泛流传着一首据说源自爱尔兰的谣曲《命运，我的宿敌》(*Fortune my Foe*)，这首谣曲旋律阴郁压抑，常被重新作词，用以表现行刑、死亡、暴力等情节，歌词第一句“命运，我的宿敌，你为何对我皱眉?”流传甚广。这首曲子被收录在好几本 16 世纪曲谱中，包括《威廉·巴雷的鲁特琴谱》(*William Ballet's Lute Book*, 1593)、《菲茨威廉姆童贞女琴谱》(*Fitzwilliam Virginal Book*) 等。1565 年左右，该曲调被正式注册为一首“谣曲”，莎士比亚在《温莎的风流娘儿们》第三幕第三场中借福斯塔夫之口提及过它的第一句歌词:“命运虽是你的宿敌，造化却对你慈爱有加。”(I see what thou wert, if Fortune thy foe were not, Nature thy friend, ll. 55–56) 根据该曲调作词的另一首早期民谣《泰特斯·安德罗尼库斯的怨歌》(*Titus Andronicus'Complaint*) 后来成了莎士比亚最暴力血腥的一部剧本《泰特斯·安德罗尼库斯》(*Titus Andronicus*) 的灵感来源之一。以下是《命运，我的宿敌》现存的最早的一版歌词，作者不详:

Fortune My Foe

(anonymous)

Fortune, my foe, why dost thou frown on me?
And will thy favors never lighter be?
Wilt thou, I say, forever breed my pain?
And wilt thou not restore my joys again?

In vain I sigh, in vain I wail and weep,
In vain my eyes refrain from quiet sleep;
In vain I she'd my tears both night and day;
In vain my love my sorrows do bewray.

Then will I leave my love in Fortune's hands,
My dearest love, in most unconstant bands,
And only serve the sorrows due to me:
Sorrow, hereafter, thou shalt my Mistress be.

Ah, silly Soul art thou so sore afraid?
Mourn not, my dear, nor be not so dismayed.
Fortune cannot, with all her power and skill,
Enforce my heart to think thee any ill.

Live thou in bliss, and banish death to Hell;
All careful thoughts see thou from thee expel:
As thou dost wish, thy love agrees to be.
For proof thereof, behold, I come to thee.

Die not in fear, not live in discontent;
Be thou not slain where blood was never meant;
Revive again: to faint thou hast no need.
The less afraid, the better thou shalt speed.

命运，我的宿敌

（匿名）

命运，我的宿敌，你为何对我皱眉？
你的恩赐难道永不会更轻盈？
我说，你难道要永远为我滋养痛苦？
你难道再也不愿恢复我的欢愉？

我徒劳地叹息，徒劳地哭嚎悲泣，
我的双眼徒劳地难获安息；
日以继夜，我徒劳地抛洒眼泪；

我的爱徒劳地泄露我的哀愁。

于是我会将我的爱付诸命运之手，
我最深的爱，位于最无常的队列，
只侍奉因我而起的哀愁：
从今往后，我的女主人就是哀愁。

啊，傻灵魂，你就这么提心吊胆？
别悲恸，我的爱人，也别那么忧伤。
命运再富有大能和技艺，也无法
强迫我的心去将你设想得不堪。

活在至福中吧，放逐死亡去地狱；
确保把所有忧虑的念头都赶出你心：
只要你希望，你的爱人就不作他想。
若要证据，且看，我正来你身旁。

别在恐惧中死去，别活在不满中；
别被杀死在无人渴望鲜血的地方；
再度复生吧：你无需昏厥。
越少畏惧，你才会越幸运。

（包慧怡 译）

“命运的王后”，中古英语手稿

薄伽丘一份作品手稿中的命运女神，15 世纪

你的爱和怜，能够把蜚语流言
刻在我额上的烙痕抹平而有余；
既然你隐了我的恶，扬了我的善；
我何必再关心别人对我的毁誉？

你是我的全世界，我必须努力
从你的语言来了解对我的褒贬；
别人看我或我看别人是死的，
没人能改正或改错我铁的观念。

我把对人言可畏的吊胆提心
全抛入万丈深渊，我的毒蛇感
对一切诽谤和奉承都充耳不闻。
请看我怎样开脱我这种怠慢：

　　你这样根深蒂固地生在我心上，
　　我想，全世界除了你都已经死亡。

Your love and pity doth the impression fill,
Which vulgar scandal stamp'd upon my brow;
For what care I who calls me well or ill,
So you o'er-green my bad, my good allow?

You are my all-the-world, and I must strive
To know my shames and praises from your tongue;
None else to me, nor I to none alive,
That my steel'd sense or changes right or wrong.

In so profound abysm I throw all care
Of others' voices, that my adder's sense
To critic and to flatterer stopped are.
Mark how with my neglect I do dispense:

You are so strongly in my purpose bred,
That all the world besides methinks are dead.

商籁第112首处理的主题之一是爱情中的排他性，诗人声称在自己与俊友的情感关系中完全自给自足，对任何他人的声音都无动于衷，就如听不见声音的蝮蛇一般。在商籁第111首第二节中，诗人曾提到打在他名字/名声上的烙印：

Thence comes it that my name receives a brand,
And almost thence my nature is subdu'd
To what it works in, like the dyer's hand (ll. 5–7)
所以我的名字就把烙印领受，
也几乎因为这样，我的本性
被职业玷污，如同染匠的手

（包慧怡 译）

而商籁第112首基本是接着这一情境开篇的，诗人提到了"粗俗的丑闻在我眉心打下的烙印"，并说俊友的爱能够"填补这凹陷"，因此诗人就无所谓整个世界对他的臧否，只要爱人接受他的一切——"承认我的优点，掩盖我的缺陷"。

Your love and pity doth the impression fill,
Which vulgar scandal stamp'd upon my brow;

For what care I who calls me well or ill,
So you o'er-green my bad, my good allow?
你的爱和怜，能够把蜚语流言
刻在我额上的烙痕抹平而有余；
既然你隐了我的恶，扬了我的善；
我何必再关心别人对我的毁誉？

在商籁第 109 首的对句中，诗人曾称呼俊友为“我的一切”，“这广袤宇宙中的一切我都不看重 / 除了你，我的玫瑰，寰宇中你是我的一切”（For nothing this wide universe I call, /Save thou, my rose, in it thou art my all）。商籁第 112 首第二节中发出了类似的表白，这次俊友被称作“我全部的世界”，也只有俊友一个人的评价是诗人在乎的：

You are my all-the-world, and I must strive
To know my shames and praises from your tongue;
None else to me, nor I to none alive,
That my steel'd sense or changes right or wrong.
你是我的全世界，我必须努力
从你的语言来了解对我的褒贬；
别人看我或我看别人是死的，
没人能改正或改错我铁的观念。

相比之下，对于世间其他所有人的看法，诗人说自己是完全无所谓的，“他人于我，我于他人，都当作死”，对所有不是“你”的人，“我”都“心如钢铁”（steel'd sense），这种因为深陷爱情的排他性而对外界感到麻木的情形，在下一节中会被比作“蝮蛇的感官”。一如在大多同时期作品中，蛇的形象在莎士比亚笔下总体是十分负面的。《哈姆雷特》第一幕第五场中，老国王的鬼魂向哈姆雷特揭示了杀害自己的真正凶手，并将他比作一条毒蛇：

…Now, Hamlet, hear:
'Tis given out that, sleeping in my orchard,
A serpent stung me; so the whole ear of Denmark
Is by a forged process of my death
Rankly abused: but know, thou noble youth,
The serpent that did sting thy father's life
Now wears his crown.

现在，哈姆雷特，听我说。一般人都以为我在花园里睡觉的时候，一条蛇来把我螫死，这一个虚构的死状，把丹麦全国的人都骗过了；可是你要知道，好孩子，那毒害你父亲的蛇，头上戴着王冠呢。

此处，假凶手（人们误以为老国王是遭蛇咬而死的）

和真凶手（将毒药灌进老国王耳朵的哈姆雷特的叔父）都被称作“蛇”，蛇也成为歹毒而致命之生物的终极象征。不过，莎士比亚在商籁第112首第三节中强调的并非蛇的毒性，而是它“耳聋”的特质，使用的也是比serpent（蛇）更具体的蛇名adder（蝮蛇）：

In so profound abysm I throw all care
Of others'voices, that my adder's sense
To critic and to flatterer stopped are.
Mark how with my neglect I do dispense
我把对人言可畏的吊胆提心
全抛入万丈深渊，我的毒蛇感
对一切诽谤和奉承都充耳不闻。
请看我怎样开脱我这种怠慢

所谓“蝮蛇的感官”（adder's sense），指民间盛行的关于蝮蛇听不见声音的迷信，其起源已不可考，一说是蝮蛇因为不想听别人斥责它是条阴险的毒蛇，常把一只耳朵贴着地面，另一只耳朵用尾巴尖堵上，由于蝮蛇经常在地面上团作一堆，故有此说。此外，这种迷信也可能与《诗篇》第58首中如蛇一般自塞其耳的恶人的比喻有关：“恶人一出母胎，就与神疏远。一离母腹，便走错路，说谎话。他们的毒气，好像蛇的毒气；他们好像塞耳的聋虺，不听行法术的声音；虽用极灵的咒语，也是不听。”莎士比亚在戏剧作品中多处提到这种蛇的聋聩，比如在《亨利六世·中部》第三幕第二场中，玛格丽特王后怪罪亨利六世不肯安慰她时说："怎么! 你像一条蝮蛇一样，聋了吗? 那么就放出你的毒液，整死你的遭到遗弃的王后吧。"（What! art thou, like the adder, waxen deaf? Be poisonous too and kill thy forlornqueen.）又比如《特洛伊罗斯与克丽希达》（*Troilus and Cressida*）第二幕第二场中赫克托（Hector）对他的兄弟们说的话："因为一个耽于欢乐或是渴于复仇的人，他的耳朵是比蝮蛇更聋，听不见正确的判断的。"（ ... for pleasure and revenge /Have ears more deaf than adders to the voice / Of any true decision.）

商籁第 112 首第三节中，诗人说自己的听觉如蝮蛇，“对批评和奉承都充耳不闻”，把他人的意见带来的一切焦虑“扔进不见底的深渊”，仍是为了强调本诗开篇就已彰显的论点：在这广漠天地里，“我”只看重“你”和“你”一个人的意见。这种表白到了对句中登峰造极，变成了“（除你之外）整个世界在我看来都已死去”。这种在单一关系的自足里否定其他一切关系的排他性表述，后世或许只在美国女诗人艾米莉·迪金森（Emily Dickinson）约写于 1862 年的《灵魂选择自己的伴侣》（*The Soul Selects Her Own Society*）

一诗中获得过同等程度的表达。以“蝮蛇”为核心奇喻的这首博物诗也如此斩钉截铁地收尾：

You are so strongly in my purpose bred,
That all the world besides methinks are dead.
你这样根深蒂固地生在我心上，
我想，全世界除了你都已经死亡。

14 世纪动物寓言集中的蛇

商籁 第 113 首

失明
玄学诗

离开你以后，我眼睛住在我心间；
于是这一双指引我走路的器官
放弃了自己的职责，瞎了一半，
它好像在看，其实什么也不见；

我的眼睛不给心传达眼睛能
认出的花儿鸟儿的状貌和形体；
眼前闪过的千姿万态，心没份，
目光也不能保住逮到的东西；

只要一见到粗犷或旖旎的景色，
一见到甜蜜的面容，丑陋的人形，
一见到山海，日夜，乌鸦或白鸽，
眼睛把这些全变成你的面影。

心中满是你，别的没法再增加，
我的真心就使我眼睛虚假。

Since I left you, mine eye is in my mind;
And that which governs me to go about
Doth part his function and is partly blind,
Seems seeing, but effectually is out;

For it no form delivers to the heart
Of bird, of flower, or shape which it doth latch:
Of his quick objects hath the mind no part,
Nor his own vision holds what it doth catch;

For if it see the rud'st or gentlest sight,
The most sweet favour or deformed'st creature,
The mountain or the sea, the day or night:
The crow, or dove, it shapes them to your feature.

Incapable of more, replete with you,
My most true mind thus maketh mine untrue.

在商籁第 112 首中，诗人称自己只需要俊友一人，对其他人的声音关闭了自己的听觉，变得如同蝮蛇一样聋。在商籁第 113 首中，诗人集中处理自己的另一种感官——“视觉”——在爱情中的关闭。

本诗同紧随其后的商籁第 114 首，以及第 24、27、43、46、47 首商籁一样，处理爱情中眼睛与心灵的关系。但莎士比亚以一种全新的方式调动这两位演员，在以韵文写就的迷你感官剧中推出了全新的情节。就中心论点而言，与第 113 首立意最接近的是第 27 首，两者都描写眼睛看不见时心灵的动作。不同的是，第 27 首中，当诗人在黑夜中失去物理的视觉（即使他瞪大了双眼凝望黑夜），其灵魂赋予他一种“想象的视力”，使他能够凭借“心之眼”看到爱人的倩影：

And keep my drooping eyelids open wide,
Looking on darkness which the blind do see:
又使我睁开着沉重欲垂的眼帘，
凝视着盲人也能见到的黑暗：

Save that my soul's imaginary sight
Presents thy shadow to my sightless view (ll.7–10)
终于，我的心灵使你的幻象

鲜明地映上我眼前的一片乌青

在商籁第113首中，“我”的肉眼却因为与“你”别离的悲伤而“住进”了“我”的心里，也就是成为“我”心灵的附庸。它们不再能履行其引路的日常指责，“瞎了一部分”(partly blind)，“表面能看见，实际已熄灭”：

Since I left you, mine eye is in my mind;
And that which governs me to go about
Doth part his function and is partly blind,
Seems seeing, but effectually is out
离开你以后，我眼睛住在我心间；
于是这一双指引我走路的器官
放弃了自己的职责，瞎了一半，
它好像在看，其实什么也不见

在第二节中，诗人给出了眼睛失去视觉的原因：住进心里的眼睛不再向心传递接收到的图像和形状，万物的影像一落入眼中就已失落，无法持续，更无法发送给心灵分享。眼睛成了玩忽职守的图像捕捉者，既不保存也不传递图像，视觉发生的过程因此中断，诗人实际上落入了“失明”的状态：

For it no form delivers to the heart
Of bird, of flower, or shape which it doth latch:
Of his quick objects hath the mind no part,
Nor his own vision holds what it doth catch
我的眼睛不给心传达眼睛能
认出的花儿鸟儿的状貌和形体；
眼前闪过的千姿万态，心没份，
目光也不能保住逮到的东西

眼睛为何如此玩忽职守？本诗的逻辑结构是逆序因果：每一节四行诗解释上一节四行诗阐述的现象的直接原因。正如第二节解释了第一节中描述的失明是由于眼睛的“罢工”，第三节四行诗随即阐释了眼睛不肯完成本职工作的原因。这一切都是因为：无论看到什么美好或丑陋的事物，“山川还是海洋，白昼还是黑夜 / 乌鸦还是白鸽”，只渴望见到“你”的眼睛都会自动把物象转化成“你”的形象。换言之，“我”的眼睛的确只是“部分失明”，因为它们还能看见“你”，可由于它们持续不断地将一切视像转化为“你”，也就看不见世上的其他任何事物：

For if it see the rud'st or gentlest sight,
The most sweet favour or deformed'st creature,

The mountain or the sea, the day or night:
The crow, or dove, it shapes them to your feature.
只要一见到粗犷或旖旎的景色，
一见到甜蜜的面容，丑陋的人形，
一见到山海，日夜，乌鸦或白鸽，
眼睛把这些全变成你的面影。

见与盲、视觉与失明之间的辩证对立，本身就是自《圣经》以来的诸多文学传统中常见的一组动态关系，成为论述诸多宗教、道德、美学议题的譬喻。比如《约翰福音》第九章中，耶稣关于罪责与视力的著名教诲："我为审判到这世上来，叫不能看见的，可以看见；能看见的，反瞎了眼。"同他在那里的法利赛人听见这话，就说："难道我们也瞎了眼吗？"耶稣对他们说："你们若瞎了眼，就没有罪了；但如今你们说'我们能看见'，所以你们的罪还在。"（《约翰福音》9：39–41）在基督教诗歌传统中，失去视力一直被当作能降临到一个人身上的最糟糕的惩罚和不幸之一来呈现，比如弥尔顿在《力士参孙》（*Samson Agonistes*, 1671）中刻画的失明后的参孙的悲愤：

O loss of sight, of thee I most complain!
Blind among enemies, O worse than chains,

Dungeon, or beggary, or decrepit age! (11.67-69)

哦视力的丧失，我最深切的怨诉!

在敌人中失明，哦这比锁链更糟，

比地牢、乞讨或衰朽的时代更糟!

（包慧怡 译）

灵巧如莎士比亚，经常在作品中书写视觉与失明之间的灰色地带，很少封死两者之间可以互相转换的灵活空间。《罗密欧与朱丽叶》第一幕第一场中，当罗密欧饱受对罗瑟琳的思念的折磨时（朱丽叶尚未登场），莎士比亚曾使用一系列盲与见的相反相成来哀叹爱情的魔力：

Alas, that love, whose view is muffled still,

Should, without eyes, see pathways to his will!

…

Love is a smoke raised with the fume of sighs;

Being purged, a fire sparkling in lovers'eyes;

Being vexed, a sea nourished with loving tears.

What is it else? A madness most discreet,

A choking gall, and a preserving sweet.

…

He that is strucken blind cannot forget

The precious treasure of his eyesight lost.

唉！想不到爱神蒙着眼睛，却会一直闯进了人们的心灵！……爱情是叹息吹起的一阵烟；爱人的眼中有它净化了的火星；恋人的眼泪是它激起的波涛。它又是最智慧的疯狂，哽喉的苦味，沁舌的蜜糖……突然盲目的人，永远不会忘记存留在他消失了的视觉中的宝贵的影像。

商籁第113首的对句总结道，“我”的双眼因为充满了“你”而容不下更多东西，于是“我的真心就教我的眼睛说假话”。“爱情使人盲目”（love makes one blind）这句老生常谈在莎士比亚这里得到了全新的演绎：

Incapable of more, replete with you,
My most true mind thus maketh mine untrue.
心中满是你，别的没法再增加，
我的真心就使我眼睛虚假。

在莎士比亚之后的英语诗歌史上，弥尔顿的《哀失明》（*On His Blindness*）或许是关于失明的书写中最动人的一首，这首自传式的（弥尔顿晚年视力衰微，直至1652年左右完全失明）名诗也是一首十四行诗：

On His Blindness

John Milton

When I consider how my light is spent
Ere half my days in this dark world and wide,
And that one talent which is death to hide
Lodg'd with me useless, though my soul more bent

To serve therewith my Maker, and present
My true account, lest he returning chide,
"Doth God exact day-labour, light denied?"
I fondly ask. But Patience, to prevent

That murmur, soon replies: "God doth not need
Either man's work or his own gifts: who best
Bear his mild yoke, they serve him best. His state
Is kingly; thousands at his bidding speed

And post o'er land and ocean without rest:
They also serve who only stand and wait."

我的失明

约翰·弥尔顿

我这样考虑到：未及半生，就已然
在黑暗广大的世界里失去了光明，
同时那不运用就等于死亡的才能
对我已无用，纵然我灵魂更愿

用它来侍奉造我的上帝，并奉献
我的真心，否则他回首斥训——
于是我呆问："上帝不给光，却要人
在白天工作?"——可是忍耐来阻拦

这怨言，答道："上帝不强迫人作工，
也不收回赐予：谁最能接受
他温和的约束，谁就侍奉得最好。
他威灵显赫，命千万天使奔跑，

　　赶过陆地和海洋，不稍停留——
　　只站着待命的人，也是在侍奉。"

（屠岸 译）

《力士参孙》素描，海特（George Hayter），
1821 年

商籁
第 114 首

“爱之炼金术”
玄学诗

是我这颗把你当王冠戴的心
一口喝干了帝王病——喜欢阿谀?
还是，我该说，我的眼睛说得真，
你的爱却又教给了我眼睛炼金术——

我眼睛就把巨怪和畸形的丑类
都改造成为你那样可爱的天孩，
把一切劣质改造成至善至美——
改得跟物体聚到眼光下一样快?

呵，是前者；是视觉对我的阿谀，
我这颗雄心堂皇地把阿谀喝干：
我眼睛深知我的心爱好的食物，
就备好这一杯阿谀送到他嘴边：

　　即使是毒杯，罪恶也比较轻微，
　　因为我眼睛爱它，先把它尝味。

Or whether doth my mind, being crown'd with you,
Drink up the monarch's plague, this flattery?
Or whether shall I say, mine eye saith true,
And that your love taught it this alchemy,

To make of monsters and things indigest
Such cherubins as your sweet self resemble,
Creating every bad a perfect best,
As fast as objects to his beams assemble?

O! 'tis the first, 'tis flattery in my seeing,
And my great mind most kingly drinks it up:
Mine eye well knows what with his gust is 'greeing,
And to his palate doth prepare the cup:

If it be poison'd, 'tis the lesser sin
That mine eye loves it and doth first begin.

商籁第 114 首是第 113 首的双联诗，诗人展开了对自己的双眼和心灵的审问，要找出谁在导致“部分失明”这件事上的罪过更大。上一首商籁中提到的眼睛的幻术被称作“炼金术”。

全诗以一个自我诘问的选择题开篇：到底是“我”的心还是眼睛更有罪过？是心将“你”当作一顶王冠来佩戴，“啜饮这专属王室的瘟病：阿谀”，因此自大，还是说，该为心之自大负责的是眼睛，是它们把看到的一切都化作了爱人的倩影，因而给心灵灌下了迷魂汤？

Or whether doth my mind, being crown'd with you,
Drink up the monarch's plague, this flattery?
Or whether shall I say, mine eye saith true,
And that your love taught it this alchemy
是我这颗把你当王冠戴的心
一口喝干了帝王病——喜欢阿谀？
还是，我该说，我的眼睛说得真，
你的爱却又教给了我眼睛炼金术——

第 4 行中的 your love 比起“你的爱”（“你”对“我”的爱），更像是“我对你的爱”（my love to you），是对“你”的深情将一种视觉的炼金术交给了“我”的眼睛，把“我”

看见的一切事物都转换成了“你”，然后把这视像传递给心灵，取悦了同样渴望“你”的心。在十四行诗系列中唯一再度提到炼金术的商籁第33首(《炼金玄学诗》)中，“阿谀/奉承/取悦”同样与炼金术相伴出现：

Full many a glorious morning have I seen
Flatter the mountain-tops with sovereign eye,
Kissing with golden face the meadows green,
Gilding pale streams with heavenly alchemy (ll.1–4)
许多次我曾看见辉灿的朝阳
用至尊的目光取悦着山顶，
用金黄的脸庞亲吻青翠的草甸，
以神圣炼金术为苍白溪流镀金

（包慧怡 译）

而商籁第114首第一节提到的视觉炼金术，其运作方式要在第二节中才会明说。本节其实是重申了商籁第113首中论说过的内容，即眼睛能够转换一切怪力乱神之物，一切“难以下咽之物”（things indigest）。除了此处，indigest 这个形容词在莎士比亚全部作品中只出现过一次，即在历史剧《约翰王》（*King John*）第五幕第七场中：

Be of good comfort, prince; for you are born
To set a form upon that indigest
Which he hath left so shapeless and so rude. (ll. 25–27)

朱生豪先生将这三行用散文体译作:“宽心吧，亲王;因为您的天赋的使命，是整顿他所遗留下来的这一个混杂凌乱的局面。”把 indigest、shapeless 和 rude 这三个形容词合并处理为“混杂凌乱的局面”其实不够准确，但我们还是能大致看出，莎士比亚同样用 indigest 来表示混乱无序、奇形怪状、美学上令人不悦之物，正如商籁第 114 首第二节中所写:

To make of monsters and things indigest
Such cherubins as your sweet self resemble,
Creating every bad a perfect best,
As fast as objects to his beams assemble?
我眼睛就把巨怪和畸形的丑类
都改造成为你那样可爱的天孩，
把一切劣质改造成至善至美——
改得跟物体聚到眼光下一样快?

此节和作为本诗上联的商籁第 113 首的第三节四行诗

立意基本一致：

For if it see the rud'st or gentlest sight,
The most sweet favour or deformed'st creature,
The mountain or the sea, the day or night:
The crow, or dove, it shapes them to your feature. (ll. 9–12)

只要一见到粗犷或旖旎的景色，
一见到甜蜜的面容，丑陋的人形，
一见到山海，日夜，乌鸦或白鸽，
眼睛把这些全变成你的面影。

这也就是对第 114 首中这种“炼金术”的解释了：所谓炼金术，本质上是一种使低等金属向高等金属转化、嬗变（transmutation）的技艺。本诗中“对你的爱”教会“我”的双眼将一切大自然的造物，无论美丑，全都转化为“你”美丽的形象，在诗人笔下也就构成一种视觉的炼金术。因此诗人在第三节中给出了开篇提出的，心灵和眼睛谁更难辞其咎的问题的答案：是眼睛，眼睛习得了爱的炼金术后，就惯于阿谀奉承，并将这种奉承（flattery）调制成适合心灵胃口的毒酒，使得“慷慨的心灵像国王一样将它一饮而尽”。始作俑者是眼睛，心灵是“被下毒的”受害者

（if it be poison'd），因此罪责较小。这种属于典型玄学派诗歌的诡辩当然经不住神经学或解剖学的深究，仅仅在诗学的逻辑中也很难说无懈可击，因为，岂不正是"对你的爱"（your love）将这偷天换日的炼金术教给了眼睛？这种爱岂不源自心灵，或者至少该引发关于爱慕之情最先起于哪里的新一轮辩论？莎士比亚也的确在别的语境中处理过最后这个问题。看起来，情诗修辞中的"眼与心大论战"至今仍难以得到清晰的裁决。

O! 'tis the first, 'tis flattery in my seeing,
And my great mind most kingly drinks it up:
Mine eye well knows what with his gust is 'greeing,
And to his palate doth prepare the cup:
呵，是前者；是视觉对我的阿谀，
我这颗雄心堂皇地把阿谀喝干：
我眼睛深知我的心爱好的食物，
就备好这一杯阿谀送到他嘴边：

If it be poison'd, 'tis the lesser sin
That mine eye loves it and doth first begin.
即使是毒杯，罪恶也比较轻微，
因为我眼睛爱它，先把它尝味。

莎士比亚在早期历史剧《雅典的泰门》第五幕第一场中借泰门之口，给出了“炼金术”最常被接受的字面定义。这一定义却有隐喻学上的无穷潜力，将被莎翁用在形形色色的戏剧场景中，“你是一名炼金术师，请把那个变成黄金”（You are an alchemist; make gold of that, 1.117）。

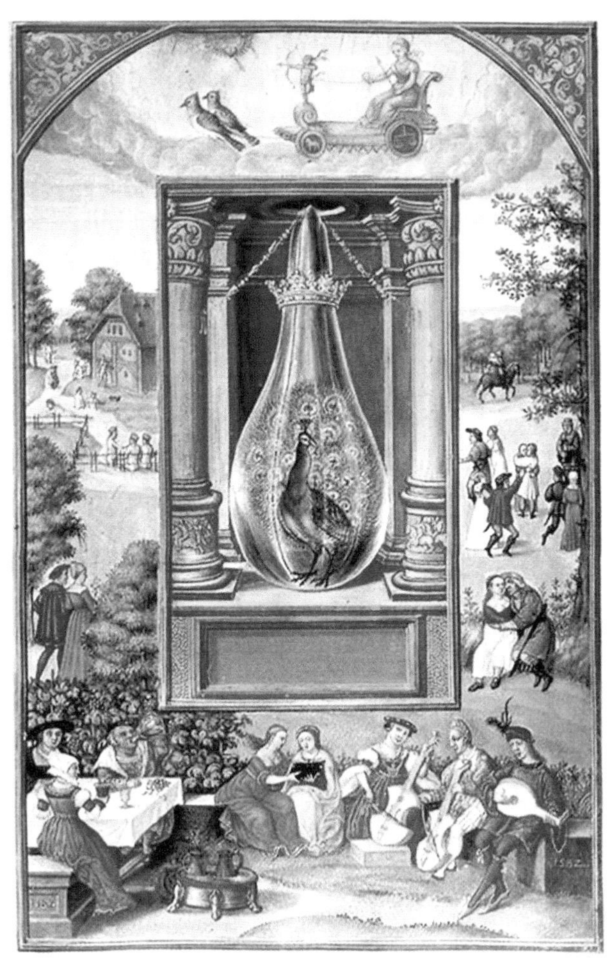

16世纪德国炼金术手稿《太阳的光辉》之“哲人蛋”页

我以前所写的多少诗句，连那些
说我不能够爱你更深的，都是谎；
那时候我的理智不懂得我一切
热情为什么后来会烧得更明亮。

我总考虑到：时间让无数事故
爬进盟誓间，变更帝王的手令，
丑化天仙美，磨钝锋利的意图，
在人事嬗变中制服刚强的心灵；

那么，唉！惧怕着时间的暴行，
为什么我不说，“现在我最最爱你”——
既然我经过不安而已经安定，
以目前为至极，对以后尚未可期？

爱还是婴孩；我不能说出这句话，
好让他继续生长，到完全长大。

Those lines that I before have writ do lie,
Even those that said I could not love you dearer:
Yet then my judgment knew no reason why
My most full flame should afterwards burn clearer.

But reckoning Time, whose million'd accidents
Creep in 'twixt vows, and change decrees of kings,
Tan sacred beauty, blunt the sharp'st intents,
Divert strong minds to the course of altering things;

Alas! why fearing of Time's tyranny,
Might I not then say, 'Now I love you best,'
When I was certain o'er incertainty,
Crowning the present, doubting of the rest?

Love is a babe, then might I not say so,
To give full growth to that which still doth grow?

在商籁第 115 首中，我们将看到诗人用一种新誓言替代旧的誓言，为的是确保自己在爱的表白中不会有作伪或背誓的风险。时光在变动，爱也必然随之变动，诗人最终把这一过程归于“婴儿”这一核心比喻。

本诗采取了“回顾并沉思过去的哲学家”的视角，只不过沉思者是诗人，其沉思的对象是自己过去写下的情诗。诗人发现，自己过去那些发誓“我无法更爱你”（“我”已爱“你”到可能的极致）的诗歌终究还是说了谎，因为流逝的光阴证明，自己对俊友的爱有增无减，他明明有可能比旧日用诗歌表白时“更爱你”：

Those lines that I before have writ do lie,
Even those that said I could not love you dearer:
Yet then my judgment knew no reason why
My most full flame should afterwards burn clearer.
我从前已然写下的诗篇都说了谎，
包括那些说“我无法更爱你”的在内，
但那时我的判断力的确无法想象
我白热的爱焰还能烧出更烈的光辉。

（包慧怡 译）

火焰常被用来比喻强烈的爱情，火焰却也曾被莎士比亚用来比喻爱的无法恒定。《哈姆雷特》第四幕第七场中，现任国王、哈姆雷特的叔父对奥菲利娅的哥哥雷欧提斯说：

Not that I think you did not love your father;
But that I know love is begun by time;
And that I see, in passages of proof,
Time qualifies the spark and fire of it.
There lives within the very flame of love
A kind of wick or snuff that will abate it (ll.110–15)

我不是以为你不爱你的父亲；可是我知道爱不过起于一时感情的冲动，经验告诉我，经过了相当时间，它是会逐渐冷淡下去的。爱像一盏油灯，灯芯烧枯以后，它的火焰也会由微暗而至于消灭。

在商籁第115首第二节中，诗人继续采取回顾-反省（retrospect）的视角，说自己"计量光阴"，即回顾时间流逝中自己与俊友之间关系的起落与渐变。"时间"在诗人笔下一如既往是不可靠和充满变数的：

But reckoning Time, whose million'd accidents
Creep in 'twixt vows, and change decrees of kings,

Tan sacred beauty, blunt the sharp’st intents,

Divert strong minds to the course of altering things

但是计量着光阴，它饱含无数事故

钻进誓约之间，勾销帝王的圣旨，

晒黑神圣的美，磨钝锋锐的意图，

诱使强健的意志转向无常的诸行

（包慧怡 译）

在莎士比亚的戏剧作品中，这种王公将相也会打破誓约的典例，出现在《哈姆雷特》第一幕第三场中，虽然最后迫使哈姆雷特背誓的主要并非时间，但我们也可以说，光阴荏苒中发生的一切促使誓言不能实现的变数，都是时间流逝的结果。以下是奥菲利娅对父亲提起的哈姆雷特给予她的爱情的誓约，以及波洛涅斯的富有先见之明的预言：

Oph:

My Lord, he hath impportuned me with love

In honourable fashion.

Pol:

Ay, fashion you may call it; go to, go to.

Oph:

And hath given countenance to his speech, my Lord,

With almost all the holy vows of heaven.

Pol:

Ay, springes to catch woodcocks. I do know,

When the blood burns, how prodigal the soul

Lends the tongue vows (ll.109–17)

奥菲利娅：父亲，他向我求爱的态度是很光明正大的。

波洛涅斯：不错，那只是态度；算了，算了。

奥菲利娅：而且，父亲，他差不多用尽一切指天誓日的神圣的盟约，证实他的言语。

波洛涅斯：嗯，这些都是捕捉愚蠢的山鹬的圈套。我知道在热情燃烧的时候，一个人无论什么盟誓都会说出口来。

在商籁第 115 首第三节中，诗人承认，自己害怕“时间的暴行”，但在承认诸行无常的前提下，他提出了一种以新的表白方式出现的言辞的解决术：既然爱情一定会在时光中改变，何不说“此刻我最爱你”（Now I love you best）？这样“我”也就避免了未来可能要承担的谎言风险。不是因为未来“我”可能不再爱“你”，而是因为未来的“我”可能比此刻更为爱“你”，因此“此刻我最爱你”是比第一节中没有时间限定的“我无法更爱你”（I could not love you dearer）更稳妥、更不可能被证伪的表白。而“我”

能够习得这种言辞的新智慧，是因为“我”深知“只有变动是不变的”（certain o'er incertainty），“我”坚信一切皆会变动，于是选择“给此刻戴上王冠，对其余存疑”：

Alas! why fearing of Time's tyranny,
Might I not then say, 'Now I love you best,'
When I was certain o'er incertainty,
Crowning the present, doubting of the rest?
那么，唉！惧怕着时间的暴行，
为什么我不说，“现在我最最爱你”——
既然我经过不安而已经安定，
以目前为至极，对以后尚未可期？

对句中，诗人将自己这种不断生长的爱情比作一个婴孩。婴孩的形象在上一首商籁的第5—6行中已经以另一种形式出现过，“我眼睛就把巨怪和畸形的丑类／都改造成为你那样可爱的天孩”（To make of monsters and things indigest/Such cherubins as your sweet self resemble）。但被屠岸先生译作“天孩”的基路伯（cherubins），其实是文艺复兴时期才全面换作胖嘟嘟的、生着翅膀的小天使的形象，它们的起源是《旧约》中手持火焰之剑、将亚当夏娃赶出伊甸园的炽天使，可以进一步追溯至近东神话中的拉马苏神兽，其原初形象是十分可怕的。而商籁第 115 首对句中的婴孩，则被直截了当地称作“babe”，一个名叫“爱情”的婴孩，自然会让人联想到小爱神丘比特的形象，这与对句中口语化的措辞是相称的：

Love is a babe, then might I not say so,
To give full growth to that which still doth grow?
爱是婴孩；难道我不可以这样说，
去促使那生长中的羽翼日渐丰硕？

（包慧怡 译）

比莎士比亚晚出生十年的玄学派诗人约翰·多恩有一首差不多写于同时代的、题材相似的诗《爱的生长》，可以作为商籁第 115 首的参照。其第一节如下：

Love's Growth

John Donne

I scarce believe my love to be so pure
As I had thought it was,
Because it doth endure
Vicissitude and season, as the grass;

Me thinks I lied all winter, when I swore

My love was infinite, if spring make it more. (Stanza 1)

爱的生长

约翰·多恩

我几乎无法相信我的爱

如我以为的那般纯洁，

因为它确实承受了

变迁与季节，恰似草原；

我想整个冬天我都在说谎，当我发誓

我的爱无穷无尽，倘若春日使其增生。

（第一节，包慧怡 译）

《奥菲利娅》，沃特豪斯(John Waterhouse)，1894年

商籁

第 116 首

航海

情诗

让我承认，两颗真心的结合
是阻挡不了的。爱算不得爱，
要是人家变心了，它也变得，
或者人家改道了，它也快改：

不呵！爱是永不游移的灯塔光，
它正视暴风，决不被风暴摇撼；
爱是一颗星，它引导迷航的桅樯，
其高度可测，其价值却无可计算。

爱不是时间的玩偶，虽然红颜
到头来总不被时间的镰刀遗漏；
爱决不跟随短促的韶光改变，
就到灭亡的边缘，也不低头。

　　假如我这话真错了，真不可信赖，
　　算我没写过，算爱从来不存在！

Let me not to the marriage of true minds
Admit impediments. Love is not love
Which alters when it alteration finds,
Or bends with the remover to remove:

O, no! it is an ever-fixed mark,
That looks on tempests and is never shaken;
It is the star to every wandering bark,
Whose worth's unknown, although his height be taken.

Love's not Time's fool, though rosy lips and cheeks
Within his bending sickle's compass come;
Love alters not with his brief hours and weeks,
But bears it out even to the edge of doom.

If this be error and upon me prov'd,
I never writ, nor no man ever lov'd.

莎士比亚生活和写作的年代正是英国逐渐成为海洋帝国的年代，英国的海洋发家史并不那么光彩。当时以西班牙为代表的天主教国家和梵蒂冈一起，把新教英国的最高政治兼宗教首领伊丽莎白视为“异教女王”，而后者回击的手段之一就是大量签发“海上私掠许可”，几乎是公开鼓励出海的英国冒险家们抢劫敌国的商船。因此约翰·霍金斯（John Hawkins）、弗朗西斯·德雷克（Francis Drake）和沃特·罗利（Walter Raleigh）这样的新型海上冒险家获得了为女王而战的行动正当性，纷纷加官进爵，成为宫廷里的红人。与英国海上争霸的西班牙则称伊丽莎白为“海盗女王”，鄙夷地将霍金斯等女王的冒险家叫作“海狗”（sea dogs）。海军部明文规定海上抢劫外国船只合法，获得的战利品由女王、投资者和航海家三方面均分。1585 年起，专门从事劫掠的英国“海盗船”据说达到了 200 艘之多，对西班牙海上贸易造成了巨大打击，成为诱发三年后英西“无敌舰队”之战的原因之一。

海洋不仅是英国人地理认知、对外贸易、宫廷政治中迫切的在场，其形象在文学作品中也可谓无处不在，大海与航海的意象在伊丽莎白与詹姆士时代的许多英国诗人笔下推陈出新。比如约翰·多恩的名作《早安》（*The Good-Morrow*）就是一首活用航海隐喻的情诗，诗人写道，相爱的人“相互凝视……把一个小小的房间变成了整个的寰宇”，因此他们不再需要新的风景，也不需要去海上发现新世界：

Let sea-discoverers to new worlds have gone,
Let maps to other, worlds on worlds have shown,
Let us possess one world, each hath one, and is one.
（ll.12–14）

就让航海发现家去把新世界探索，
就让别人占有地图，绘出一个个世界，纷纭繁多，
让我们仅仅拥有一个世界，各有且共有，不分你我。

（包慧怡 译）

而莎士比亚的商籁第 116 首更是通篇以航海意象来书写爱情中“变动”与“不变”的对立。开篇第一节，诗人将真正的爱情暗喻为一艘不会随风使舵、任意改变航向的航船，并说如果一份感情一有机会就“变道”，那就算不得真爱：

Let me not to the marriage of true minds
Admit impediments. Love is not love
Which alters when it alteration finds,
Or bends with the remover to remove

让我承认，两颗真心的结合
是阻挡不了的。爱算不得爱，
要是人家变心了，它也变得，
或者人家改道了，它也快改

第二节更是将爱情明喻为一个“亘古不变的标记”（ever-fixed mark），可以成为暴风雨中岿然不动的指航人。多数学者认为这个标记指的是海岸线附近的灯塔，也有将之看作北极星的，无论如何，两者都是那个年代尚不发达的航海仪器和技术的补偿，是出海的水手们可以仰仗的“标记”。

O, no! it is an ever-fixed mark,
That looks on tempests and is never shaken;
It is the star to every wandering bark,
Whose worth's unknown, although his height be taken.
不呵！爱是永不游移的灯塔光，
它正视暴风，决不被风暴摇撼；
爱是一颗星，它引导迷航的桅樯，
其高度可测，其价值却无可计算。

这里的“星”（star）几乎无疑是指北极星（polar star/

northern star)，北极星在北半球星空中看起来永远保持同一位置，因而对出海的水手们极其重要。莎士比亚在历史剧《裘利亚·凯撒》（*Julius Caesar*）第三幕第一场中，让凯撒吹嘘自己巍然不动，恒定犹如天穹中的北极星：

> But I am constant as the northern star,
> Of whose true-fix'd and resting quality
> There is no fellow in the firmament.
> The skies are painted with unnumbered sparks.
> They are all fire and every one doth shine,
> But there's but one in all doth hold his place.（ll. 60–65）
>
> 可是我是像北极星一样坚定，它的不可动摇的性质，在天宇中是无与伦比的。天上布满了无数的星辰，每一个星辰都是一个火球，都有它各自的光辉，可是在众星之中，只有一个星卓立不动。

在商籁第 116 首第三节中，我们所熟悉的持着镰刀的时间的形象再次出现，由"玫瑰色的嘴唇和脸颊"所代表的青春的生命都会落入这无情镰刀的收割"范围"（compass）内，同时 compass 也可以表示"罗盘"这一重要的航海仪器，航海隐喻以一种更微妙的方式一直延续到诗末：

Love's not Time's fool, though rosy lips and cheeks
Within his bending sickle's compass come;
Love alters not with his brief hours and weeks,
But bears it out even to the edge of doom.
爱不是时间的玩偶，虽然红颜
到头来总不被时间的镰刀遗漏；
爱决不跟随短促的韶光改变，
就到灭亡的边缘，也不低头。

借用中世纪基督教神秘主义神学家的术语，本诗使用的是“否定之路”（*via negativa*）与正面定义之路交错的写作路径。诗中直言“爱不是什么”的表述几乎和“爱是什么”的表述一样多（love is not love ...; Love's not Time's fool; Love alters not ...），仿佛诗人在与一个看不见的对话者争论，到底怎样的感情才可以称之为爱。如果我们把这位迄今已经以缺席的方式出现多次的对话者看作俊友本人，那么很容易想象，在俊友所秉持的爱情观中，变动是被允许的，“改变航向”无伤大雅，爱情可以随着“短暂的时辰和星期”而瞬息万变。然而，诗人在本诗中的言语行为（speech act）全部落为一个驳斥的姿态：不，那些都不能称作爱。

仿佛这样还不够，诗人在对句中连用三个否定结构，将“否定之路”贯彻到底，为的仍是捍卫自己在“何为爱情”这件事上的坚决态度：

> If this be error and upon me prov'd,
> I never writ, nor no man ever lov'd.
> 假如我这话真错了，真不可信赖，
> 算我没写过，算爱从来不存在！

由于诗人显然过去曾经写诗，现在仍在写诗，未来（很可能）还会写诗，而人类历史上也从不缺乏记载爱情的叙事，本诗对句就完成了一种举重若轻的确证：正因如此，“我”以上所说的都没有错，也不可能被证伪；正因如此，可能会说出“变动的也是爱情”的“你”错了，坚持“真爱必须恒定”的“我”才是对的。“我”对“你”的爱，正符合“我”对爱情从一而终的定义。

《马内赛抄本》中的航海场景，14 世纪德国

商籁
第 117 首

控诉
反情诗

你这样责备我吧；为的是我本该
报你的大恩，而我竟无所举动；
每天我都有义务要回报你的爱，
而我竟忘了把你的至爱来称颂；

为的是，我曾和无聊的人们交往，
断送你宝贵的友谊给暂时的机缘；
为的是，我扬帆航行，让任何风向
把我带到离开你最远的地点。

请你记录下我的错误和任性，
有了凭证，你就好继续推察；
你可以带一脸愠怒，对我瞄准，
但是别唤醒你的恨，把我射杀：

　　因为我的诉状说，我曾努力于
　　证实你的爱是怎样忠贞和不渝。

Accuse me thus: that I have scanted all,
Wherein I should your great deserts repay,
Forgot upon your dearest love to call,
Whereto all bonds do tie me day by day;

That I have frequent been with unknown minds,
And given to time your own dear-purchas'd right;
That I have hoisted sail to all the winds
Which should transport me farthest from your sight.

Book both my wilfulness and errors down,
And on just proof surmise, accumulate;
Bring me within the level of your frown,
But shoot not at me in your waken'd hate;

Since my appeal says I did strive to prove
The constancy and virtue of your love.

在坚持“爱是恒定”之申辩的商籁第116首之后，商籁第117—121首再次回到了第109—110首中出现过的“浪子”主题。诗人“邀请”俊友控诉他的一系列罪状，并且诗人罗列自己的罪名长达10行，只是为了引出诗末近似诡辩的申辩：“我”之所以犯下这些错，都是因为想要证明“你”对“我”的爱。

本诗以一个诉讼场景的祈使句开篇——“请这样控诉我吧”（Accuse me thus），诉说“我”如何轻慢了“你”的种种优点，如何忘记履行爱人的责任，甚至忘记了“你最珍贵的爱情”：

Accuse me thus: that I have scanted all,
Wherein I should your great deserts repay,
Forgot upon your dearest love to call,
Whereto all bonds do tie me day by day
你这样责备我吧：为的是我本该
报你的大恩，而我竟无所举动；
每天我都有义务要回报你的爱，
而我竟忘了把你的至爱来称颂

这份“控诉”的邀请一直持续到第二节，诗人继续写道，“你”还可以基于以下这些理由指责“我”：见异思迁

（“频繁出入于陌生人的心灵”），把本应属于“你”的时间白白蹉跎，并且不经过谨慎选择，任意向着四面八方的风扬帆远航，结果被送到了“距离你最远的地方”。

That I have frequent been with unknown minds,
And given to time your own dear-purchas'd right;
That I have hoisted sail to all the winds
Which should transport me farthest from your sight.
为的是，我曾和无聊的人们交往，
断送你宝贵的友谊给暂时的机缘；
为的是，我扬帆航行，让任何风向
把我带到离开你最远的地点。

此处的航海隐喻是对商籁第116首的延续。莎士比亚的剧作时常用扬帆远航来象征人生的征程，比如历史剧《约翰王》第五幕第七场中，约翰王用海上摇摇欲沉的船只的比喻预告了自己的结局：“啊，侄儿！你是来闭我的眼睛的。像一艘在生命海中航行的船只，我的心灵的缆索已经碎裂焚毁，只留着仅余的一线，维系着这残破的船身；等你向我报告过你的消息以后，它就要漂荡到不可知的地方去了；你所看见的眼前的我，那时候将要变成一堆朽骨，毁灭尽了它的君主的庄严。”

在商籁第117首中，诗人将自己比作一只浪游的船，任性地追随吹向四面八方的海风，也就是说，不选择自己身边的朋友或伴侣，对俊友不忠。上述这些罪过，诗人在第三节中说，请“你”像记账那样一一列个清单，将“我”的任性和错处都记录在案，还要在已被确认的罪证外添上嫌疑未定的罪状。严格来说，诗人邀请俊友对自己发起的控诉的内容，从全诗第1行一直延续到了第10行，转折段则要到第三节的后半部分才出现。在第11—12行中，诗人转向了射箭的隐喻，说俊友尽可以“把我带到你蹙眉的射程中”，也就是可以自由地对他皱眉表示不悦，但却祈求俊友“不要用清醒的恨意来射中我”，不要真的将仇恨的箭镞射向他：

Book both my wilfulness and errors down,
And on just proof surmise, accumulate;
Bring me within the level of your frown,
But shoot not at me in your waken'd hate
请你记录下我的错误和任性，
有了凭证，你就好继续推察；
你可以带一脸愠怒，对我瞄准，
但是别唤醒你的恨，把我射杀

最后的对句给出了诗人发起这场控诉邀请背后的动机：只有当“你”控诉“我”，“我”才能正式回应并为自己申辩，清晰地说出“我”犯下这些罪行背后的深层动机——这一切都是为了试探“你”，考验“你”，试图在自己深爱的“你”身上“证明”，“你”对“我”的爱（像“我”心中对“你”的爱一样）坚定不移。

Since my appeal says I did strive to prove
The constancy and virtue of your love.
因为我的诉状说，我曾努力于
证实你的爱是怎样忠贞和不渝。

对句中的申辩看似诡辩，像一个罪证确凿的犯人的强词夺理。不过我们不该忘记，实际上诗人通篇都没有承认过这些控诉的真实性，他所做的不过是对一个缺席的、对他感到不满的爱人说：“你”可以这样控诉“我”，如果“你”希望；如果找得到确凿的证据，“你”就来记录下“我”的种种错处吧；就算找不到明证，“你”甚至可以把猜疑都加上，一起拿来谴责“我”。换言之，诗人可能是在用一种让步的方式（“你可以用我没有做过的事来指责我”）来重申自己的爱（“即使我真的做了这些事，也是为了试探你对我的爱，因为我是如此爱你”）。文德勒认为，本诗不过证明了俊友“感到自己被追求得不够……受到了轻视”，故而向诗人发起了一系列“显然毫无根据的指控”，而诗人的暂时离开也不能证明他就犯下了诗中提到的种种“错误和任性”。[1]不过，考虑到此前的商籁中诗人也曾多次（在不存在一个缺席的指控者的语境下）提到自己的“偏离”和“浪子回头”，本诗的写作动机和修辞诉求仍是暧昧不定的。

1 Helen Vendler, *The Art of Shakespeare's Sonnets*, p.496.

“扬帆航行”，《斯法艾拉抄本》，14 世纪意大利

商籁
第 118 首

求病
玄学诗

好比我们要自己的食欲大增，
就用苦辣味儿去刺激舌头；
好比我们要预防未发的病症，
就吃下泻药，跟生病一样别扭；

同样，吃厌了你的甘美（其实
永远吃不厌），我就把苦酱当食粮；
厌倦了健康，就去得病，说是
这样才舒服，其实不需要这样。

这样，为了预防未发的病痛，
爱的策略就成了确定的过失：
把十分健康的身心投入医药中，
使它餍足善，反要让恶来医治。

　　但是，我因此学到了真正的教训：
　　药，毒害了对你厌倦的那个人。

Like as, to make our appetite more keen,
With eager compounds we our palate urge;
As, to prevent our maladies unseen,
We sicken to shun sickness when we purge;

Even so, being full of your ne'er-cloying sweetness,
To bitter sauces did I frame my feeding;
And, sick of welfare, found a kind of meetness
To be diseas'd, ere that there was true needing.

Thus policy in love, to anticipate
The ills that were not, grew to faults assur'd,
And brought to medicine a healthful state
Which, rank of goodness, would by ill be cur'd;

But thence I learn and find the lesson true,
Drugs poison him that so fell sick of you.

商籁第118首是一首以恋爱中潜在的“厌倦”之病为沉思对象的玄学诗，全诗使用了大量医学、病理学和药学方面的隐喻，刻画了一个恋人为了“健康”而“求病得病”的心理历险。对本诗更准确的描述是“玄思诗”（meditative poem），诗人以第一人称反省自己的内心活动，并试图为自己的表层行为找到深层的心理动机。借助连贯的疾病和医治隐喻，本诗提供的自我诊断是“厌倦”——虽然诗人不曾也不能明说，但“我”的确在与俊美青年的关系中陷入了通常情感关系中都必然经历的疲倦期。

在以圣爱瓦格里乌斯（St Evagriu）和约翰·卡西安（John Cassian）为代表的早期教父作家开出的古典“八宗罪”树谱上，位于“愤怒”与“悲伤”之后的那一宗叫作*acedia*，有时译作“倦怠”，有时译作“绝望”。*acedia*在四五世纪特指那些遁入沙漠奉行禁欲生活的隐修士，会在某个阶段发现自己再也无法专注冥思，受困于一种深入肌理的倦怠，长期陷入焦躁或抑郁的两极。[1]后来，acedia与tristitia（悲伤）合并为一宗罪，所指也逐步偏向英语中的sloth（懒惰，倦怠），直到acedia的原意“精神疲惫”在今天的“七宗罪”谱系中几乎完全转化为了身体上的懒惰、不作为、混吃等死。

在十四行诗集中，诗人多次将自己对俊友的爱比作信徒对一位神明的爱，现在他的爱和

1 关于八宗罪到七宗罪的变迁，以及七宗罪（seven cardinal sins）与七死罪（seven deadly sins）的后世混淆，可参阅Morton W. Bloomfield, *Seven Deadly Sins*, pp. 43–46, 72–74。

信仰遭遇了“倦怠”的危机，诗人敏锐地察觉到了这种双重的精神危机，并试图对自己进行治疗。全诗采取了一系列描述疾病预防、诊断和治疗的词汇，这与诗人玄思背后的动机是十分匹配的：

Like as, to make our appetite more keen,
With eager compounds we our palate urge;
As, to prevent our maladies unseen,
We sicken to shun sickness when we purge
好比我们要自己的食欲大增，
就用苦辣味儿去刺激舌头；
好比我们要预防未发的病症，
就吃下泻药，跟生病一样别扭

为了挑起自己的食欲，人们使用“辛辣的复合调料”（eager compounds），但 compound 这个词在莎士比亚笔下更多地是指复方药——由多种草药或其他药物混合制成的复合药品，对应于单方药（simples）。本节的下半部分也暗示了compound 在诗中的一语双关。莎剧中 compound 经常指人工混合而成的毒药，比如《罗密欧与朱丽叶》第五幕第一场中：

There is thy gold, worse poison to men's souls,
Doing more murders in this loathsome world,
Than these poor compounds that thou mayst not sell.
I sell thee poison. Thou hast sold me none. (ll. 80-83)

这儿是你的钱，那才是害人灵魂的更坏的毒药，在这万恶的世界上，它比你那些不准贩卖的微贱的药品更会杀人；你没有把毒药卖给我，是我把毒药卖给你。

朱生豪先生直接把上述 compounds 译成了“药品”，但我们从上下文语境可知，这是一种人工混合而成的毒药。再比如《辛白林》第一幕第五场中：

But I beseech your grace, without offence, –
My conscience bids me ask–wherefore you have
Commanded of me those most poisonous compounds,
Which are the movers of a languishing death (ll.6–9)

我的良心要我请问您一声，您为什么要我带给您这种奇毒无比的药物；它的药性虽然缓慢，可是人服了下去，就会逐渐衰弱而死，再也无法医治的。

商籁第 118 首第一节后半部分说，为了预防看不见的疾病，人们会服用泻药，导致看起来像是生了病（We sicken to shun sickness when we purge)。这种“求病得病”“先发制病”的方法也在接下来两节四行诗中得到了进一步阐释:

> Even so, being full of your ne'er-cloying sweetness,
> To bitter sauces did I frame my feeding;
> And, sick of welfare, found a kind of meetness
> To be diseas'd, ere that there was true needing.
> 同样，吃厌了你的甘美（其实
> 永远吃不厌），我就把苦酱当食粮;
> 厌倦了健康，就去得病，说是
> 这样才舒服，其实不需要这样。

诗人说自己因为尝了太多“你永不腻人的甜蜜”，所以故意要去找一点“苦酱”来调味；厌倦了恋爱中的幸福和好运（welfare），就觉得时不时生场病也是一种“合适”（meetness）。虽然诗人字面上形容俊友的甜蜜是“永不腻人的”（ne'er-cloying），但“腻味了你永不腻人的甜蜜”（being full of your ne'er-cloying sweetness）恰恰暴露的是，他发现自己已深陷感情上的倦怠之病（*acedia*）。为了自我治疗，为了让自己的爱不会受害于这种倦怠，诗人发明了“以病治病”这种“恋爱的机巧”，也就是第三节中的 policy in love:

Thus policy in love, to anticipate
The ills that were not, grew to faults assur'd,
And brought to medicine a healthful state
Which, rank of goodness, would by ill be cur'd
这样，为了预防未发的病痛，
爱的策略就成了确定的过失：
把十分健康的身心投入医药中，
使它餍足善，反要让恶来医治。

为了预防尚未成真的大病（The ills that were not）——在爱情中，这大病最终指的或许就是“终止 / 不再去爱”——“恋爱的机巧”就教人去染一些处方确凿的小病，比如见异思迁；要让原来健康的人去接受药物的治疗，因为他“太餍足于幸福”（rank of goodness），反而要靠生病的手段才能治好。看起来，诗人几乎是在为自己潜在的不忠寻找借口，说这是一种“先发制病”，背后的目的是使自己能够继续维持对俊友的爱。不过，对句中出现了迟来但坚定的转折：

But thence I learn and find the lesson true,
Drugs poison him that so fell sick of you.
但是，我因此学到了真正的教训：

药，毒害了对你厌倦的那个人。

诗人自述获得的终极教训是，任何人要是竟然对“你”感到厌倦，那么活该他本意拿来“先发制病”的药剂变成毒药，将他毒死。通过近乎自我诅咒的句式来收尾，本诗终结于这样的誓言:“我”不该、不能也不会对“你”感到厌倦，否则就让“我”被自己开出的、意在医疗的药品毒死。贯穿整部诗集的、不变的倾诉衷情的企图，再次在短短十四行中实现了新的戏剧张力。

我曾经喝过赛人的眼泪的毒汤——
像内心地狱里蒸馏出来的污汁，
使我把希望当恐惧，恐惧当希望，
自以为得益，其实在不断地损失！

我的心犯过多么可鄙的过错，
在它自以为最最幸福的时光！
我的双目曾怎样震出了圆座，
在这种疯狂的热病中恼乱慌张！

恶的好处呵！现在我已经明了，
善，的确能因恶而变得更善；
垮了的爱，一旦重新建造好，
就变得比原先更美，更伟大、壮健。

因此，我受了谴责却归于自慰，
由于恶，我的收获比耗费大三倍。

What potions have I drunk of Siren tears,
Distill'd from limbecks foul as hell within,
Applying fears to hopes, and hopes to fears,
Still losing when I saw myself to win!

What wretched errors hath my heart committed,
Whilst it hath thought itself so blessed never!
How have mine eyes out of their spheres been fitted,
In the distraction of this madding fever!

O benefit of ill! now I find true
That better is, by evil still made better;
And ruin'd love, when it is built anew,
Grows fairer than at first, more strong, far greater.

So I return rebuk'd to my content,
And gain by ill thrice more than I have spent.

在商籁第118首第一节中，我们已经看到了“为健康而求病”之类的悖论修辞法（paradox）：

Like as, to make our appetite more keen,
With eager compounds we our palate urge;
As, to prevent our maladies unseen,
We sicken to shun sickness when we purge
好比我们要自己的食欲大增，
就用苦辣味儿去刺激舌头；
好比我们要预防未发的病症，
就吃下泻药，跟生病一样别扭（ll.1–4）

商籁第119首则通篇充满了这种悖论修辞，以及更多的矛盾修饰法（oxymoron）。第一节中诗人说自己喝下了从“地狱般臭烘烘的”（foul as hell）蒸馏锅内“提纯”（distill）而得的塞壬女妖（屠译“赛人”）的眼泪，导致自己的行为不可理喻，“把恐惧当希望，把希望当恐惧”，“看似自己要赢，却还是一败涂地”：

What potions have I drunk of Siren tears,
Distill'd from limbecks foul as hell within,
Applying fears to hopes, and hopes to fears,

Still losing when I saw myself to win!

我曾经喝过赛人的眼泪的毒汤——
像内心地狱里蒸馏出来的污汁,
使我把希望当恐惧,恐惧当希望,
自以为得益,其实在不断地损失!

莎士比亚在《特洛伊罗斯与克丽希达》等剧本中早已显示出对两部荷马史诗的熟悉——他的同时代对手诗人本·琼森正忙着重新翻译这两部史诗——虽然莎士比亚熟读的很可能是更早的菲尔丁英译本。在《奥德赛》第12卷中,爱上了奥德修斯的女巫喀耳刻(Circe)向即将启程返家的英雄预言了他与塞壬的会面:

你会首先遇到女仙塞壬,她们迷惑
所有行船过路的凡人;谁要是
不加防范,接近她们,聆听塞壬的
歌声,便不会有回家的机会,不能
给站等的妻儿送去欢乐
塞壬的歌声,优美的旋律,会把他引入迷津。
她们坐栖草地,四周堆满白骨,
死烂的人们,挂着皱缩的皮肤。
你必须驱船一驶而过,烘暖蜜甜的蜂蜡,

塞住伙伴的耳朵，使他们听不见歌唱；
但是，倘若你自己心想聆听，那就
让他们捆住你的手脚，在迅捷的海船，
贴站桅杆之上，绳端将杆身紧紧围圈，
使你能欣赏塞壬的歌声——然而，
当你恳求伙伴，央求为你松绑，
他们要拿出更多的绳条，把你捆得更严。

（陈中梅 译）

我们会注意到，早在喀耳刻的预言中，奥德修斯就是唯一被默许听见塞壬之歌的人。之后在海上，奥德修斯果然无法抵御倾听塞壬歌声的诱惑——那是“足智多谋的奥德修斯”无法拒绝的关于“知识”的歌声。但他的水手们按照事先约定剥夺了他的行动能力，而这些水手则被奥德修斯用蜂蜡塞住了耳朵，无法听到歌声，因而没有人被歌声诱惑而跳入海中丧命。荷马的原文中并未提及“塞壬的眼泪”，却提到了塞壬三姐妹中的大姐帕耳塞洛珀是奥德修斯的爱慕者，当船只驶离而未能将奥德修斯交到她手中，帕耳塞洛珀就投海自尽了。或许商籁第119首中“饮下塞壬的眼泪”（drunk of Siren tears）也影射了塞壬在无望的爱情中流下的眼泪？在本诗的其余部分，诗人继续渲染自己失去理智的状态，以至于患上了“疯狂的热病”，甚至“眼球跳出了眼窝”：

What wretched errors hath my heart committed,
Whilst it hath thought itself so blessed never!
How have mine eyes out of their spheres been fitted,
In the distraction of this madding fever!
我的心犯过多么可鄙的过错，
在它自以为最最幸福的时光！
我的双目曾怎样震出了圆座，
在这种疯狂的热病中恼乱慌张！

转机出现在第三节。以一种类似于第 118 首的病理学悖论修辞，诗人谈论在爱情中“患病的好处”（benefit of ill）：它能使得恶变成善，使得被摧毁的爱一旦重建，能够比原先更美、更强悍、更伟大。

O benefit of ill! now I find true
That better is, by evil still made better;
And ruin'd love, when it is built anew,
Grows fairer than at first, more strong, far greater.
恶的好处呵！现在我已经明了，
善，的确能因恶而变得更善；

垮了的爱，一旦重新建造好，
就变得比原先更美，更伟大、壮健。

对句中，诗人接着上文中同一种悖论逻辑，说自己虽然受到斥责，但是心满意足，虽然“亏折”，但是凭借“生病”（或“不幸”，最后一行中的 ill 既可以看作上文疾病隐喻的延续，也可理解为更广义的 ill fortunes，甚至是 ill doings）获得了三倍的福利：

So I return rebuk'd to my content,
And gain by ill thrice more than I have spent.
因此，我受了谴责却归于自慰，
由于恶，我的收获比耗费大三倍。

本诗再次展现了诗人创造性运用神话典故的能力。最后，让我们一起来听听令奥德修斯和莎士比亚都欲罢不能的塞壬的歌声：

过来吧，尊贵的奥德修斯，阿开亚人巨大的光荣！
停住你的海船，聆听我们的唱段。
谁也不曾驾着乌黑的海船，穿过这片海域，
不想听听蜜一样甜美的歌声，飞出我们的唇沿——

听罢之后，你会知晓更多的世事，心满意足，驱船
向前。
我们知道阿耳吉维人和特洛伊人的战事，所有的一切，
他们经受苦难，出于神的意志，在广阔的特洛伊地面；
我们无事不晓，所有的事情，蕴发在丰产的大地上。

（陈中梅 译）

《沃克索动物寓言集》(*Worksop Bestiary*)中的
塞壬，12 世纪英国

你对我狠过心，现在这对我有帮助：
想起了从前我曾经感到的悲伤，
我只有痛悔我近来犯下的错误，
要不然我这人真成了铁石心肠。

如果我的狠心曾使你震颤，
那你已度过一段时间在阴曹；
我可是懒汉，没匀出空闲来掂一掂
你那次肆虐给了我怎样的苦恼。

我们不幸的夜晚将使我深心里
牢记着：真悲哀怎样惨厉地袭来，
我随即又向你（如你曾向我）呈递
谦卑的香膏去医治受伤的胸怀！

　　你的过失现在却成了赔偿费；
　　我的赎你的，你的该把我赎回。

That you were once unkind befriends me now,
And for that sorrow, which I then did feel,
Needs must I under my transgression bow,
Unless my nerves were brass or hammer'd steel.

For if you were by my unkindness shaken,
As I by yours, you've pass'd a hell of time;
And I, a tyrant, have no leisure taken
To weigh how once I suffer'd in your crime.

O! that our night of woe might have remember'd
My deepest sense, how hard true sorrow hits,
And soon to you, as you to me, then tender'd
The humble salve, which wounded bosoms fits!

But that your trespass now becomes a fee;
Mine ransoms yours, and yours must ransom me.

莎士比亚长于刻画爱情中的痛苦，深陷恋情而不得的人总是上一秒刚赌咒发誓，下一秒又自我否认，这种反复的纠结体现在《爱的徒劳》第四幕第三场俾隆（Biron）的独白中：

… I will not love: if
I do, hang me; i'faith, I will not. O, but her
eye, –by this light, but for her eye, I would not
love her; yes, for her two eyes. Well, I do nothing
in the world but lie, and lie in my throat. By
heaven, I do love: and it hath taught me to rhyme
and to be melancholy; and here is part of my rhyme,
and here my melancholy. Well, she hath one o'my
sonnets already. The clown bore it, the fool sent
it, and the lady hath it: sweet clown, sweeter
fool, sweetest lady! … (ll.9–19)

我不愿恋爱；要是我恋爱，把我吊死了吧；真的，我不愿。啊！可是她的眼睛——天日在上，倘不是为了她的眼睛，我决不会爱她；是的，只是为了她的两只眼睛。唉，我这个人一味说谎，全然的胡说八道。天哪，我在恋爱，它已经教会我作诗，也教会我发愁；这儿是我的一部分的诗，这儿是我的愁。她已经收到我的

一首十四行诗了。送信的是个蠢货，寄信的是个呆子，
收信的是个佳人；可爱的蠢货，更可爱的呆子，最可爱
的佳人！

有趣的是，上述独白以“她已经收到我的一首十四行诗了”收尾，十四行诗成了莎士比亚笔下的恋人诉说愁思的指定文体。商籁第120首就是这样一首怨歌基调的十四行诗，其中的诗人和俾隆一样，以第一人称哭诉自己在爱情中受到的残酷对待：

That you were once unkind befriends me now,
And for that sorrow, which I then did feel,
Needs must I under my transgression bow,
Unless my nerves were brass or hammer'd steel.
你对我狠过心，现在这对我有帮助：
想起了从前我曾经感到的悲伤，
我只有痛悔我近来犯下的错误，
要不然我这人真成了铁石心肠。

诗人说俊友曾经对自己的不公对待现在却对他有好处，因为他也犯了类似的错误。想到俊友不忠时自己感到的深重痛苦，诗人就“不得不在自己的僭越面前低下头”，因为

想起现在自己的不忠也会给俊友带去一样的痛苦。在下一节中，这种对于痛苦和内疚的“推己及人”表达得更为突出，“倘若你曾被我的狠心重重打击，一如 / 我曾被你的狠心重创，你就经历了地狱时光”。

For if you were by my unkindness shaken,
As I by yours, you've pass'd a hell of time;
And I, a tyrant, have no leisure taken
To weigh how once I suffer'd in your crime.
如果我的狠心曾使你震颤，
那你已度过一段时间在阴曹；
我可是懒汉，没匀出空闲来掂一掂
你那次肆虐给了我怎样的苦恼。

“我”自比为一名暴君（tyrant），没有时间去称量自己在“你”手中受的苦。第 7—8 行真正要说的是，因此“我”也没有设身处地去想过“你”在“我”这里受了多少苦，这种疏忽使得“我”成了一名暴君。“我们”都曾折磨彼此，给彼此带去下一节中所说的“真正的痛苦”，“我们”在这种对痛苦的共同承担中——虽然这痛苦是两人互相造就的——升华了彼此的关系，“哀恸之夜”（night of woe）不再是“我”一个人的，而是“我们的”：

O! that our night of woe might have remember'd
My deepest sense, how hard true sorrow hits,
And soon to you, as you to me, then tender'd
The humble salve, which wounded bosoms fits!
我们不幸的夜晚将使我深心里
牢记着：真悲哀怎样惨厉地袭来，
我随即又向你（如你曾向我）呈递
谦卑的香膏去医治受伤的胸怀！

由于“我们”互为彼此的加害人和受害人，在和好之时“我们”也相互疗伤，成为彼此的医师，给对方递去“谦卑的膏方”——或是“谦卑”这一剂特定的“膏方”（the humble salve）——将它敷在彼此受伤的胸口，疗治彼此的情伤。膏药 / 膏方（salve）虽然也是当时常规的药剂形式之一，但比起装在瓶子里的药水，这个词往往暗示处方来自民间，其药效更多基于经验和观察，而非药理学。“膏方”一词也与“拯救”（salvation）同源，暗示爱人之间的相互和解和医治是对彼此的精神拯救。本诗充满了表现这种互动关系的句式（For if you ... as I by yours; our night of woe; And soon to you, as you to me）。在对句中，你我之间这种伤害与被伤害、医治与被医治的相互关系被提炼升华到新的高度：

But that your trespass now becomes a fee;
Mine ransoms yours, and yours must ransom me.
你的过失现在却成了赔偿费；
我的赎你的，你的该把我赎回。

"你"曾经的僭越(不忠)现在成了一种赎金——一种仅在恋人双方之间流通的情感货币，"我的"可以赎"你的"，"你的"也可以赎"我的"。在给俊友的诗系列接近终点之时，我们看到诗人和俊友之间或多或少算是"扯平"了，至少在诗人自己的笔下，这种平局——哪怕表现为互相伤害——也算是种慰藉："我"的恋情是多少得到回馈的，不是一场彻底无望的单恋。

关于莎士比亚生活时期的药店，或是当时英国人对更古早时期的药店和药剂师工作的想象，罗密欧去买毒药前的内心独白给了我们一段最生动的描绘。药店既出售救人性命的药品，也出售夺人性命的毒药(虽然通常不合法)，是一个花钱交易生死的地方："我想起了一个卖药的人，他的铺子就开设在附近，我曾经看见他穿着一身破烂的衣服，皱着眉头在那儿拣药草；他的形状十分消瘦，贫苦把他熬煎得只剩一把骨头；他的寒伧的铺子里挂着一只乌龟，一头剥制的鳄鱼，还有几张形状丑陋的鱼皮；他的架子上稀疏地散放着几只空匣子、绿色的瓦罐、一些胞囊和发霉的种子、几段包扎的麻绳，还有几块陈年的干玫瑰花，作为聊胜于无的点缀。看到这一种寒酸的样子，我就对自己说，在曼多亚城里，谁出卖了毒药是会立刻被处死的，可是倘有谁现在需要毒药，这儿有一个可怜的奴才会卖给他。啊！不料我这一个思想，竟会预兆着我自己的需要，这个穷汉的毒药却要卖给我。”（《罗密欧与朱丽叶》第五幕第一场）

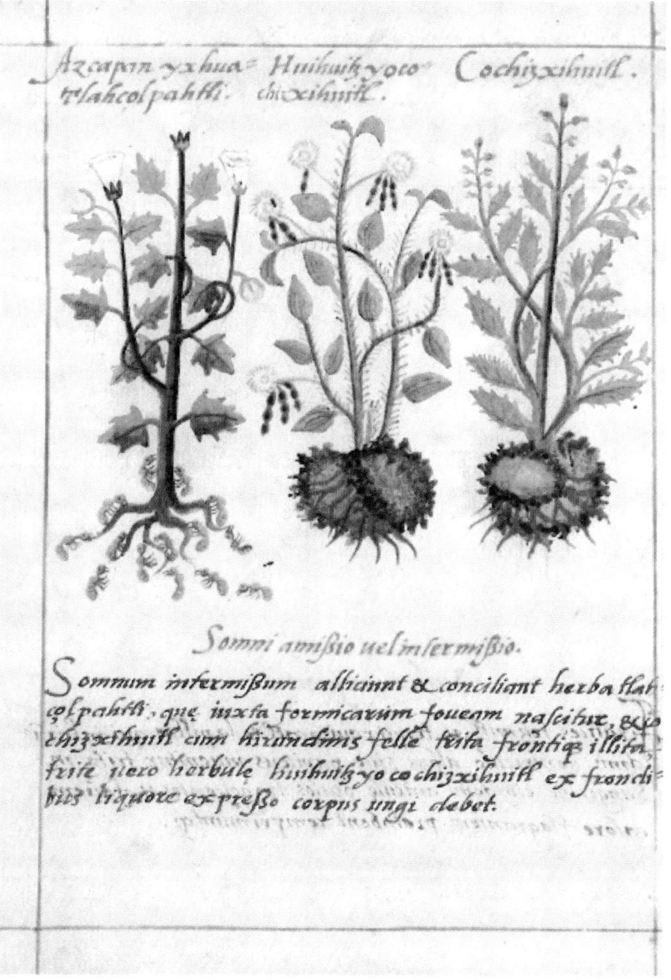

16 世纪意大利草药书，约 1550 年

商籁 第121首

恶名 玄学诗

宁可卑劣，也不愿被认为卑劣，
既然无辜被当作有罪来申斥；
凭别人察看而不是凭本人感觉
而判为合法的快乐已经丢失。

为什么别人的虚伪淫猥的媚眼
要向我快乐的血液问候，招徕？
为什么懦夫们要窥探我的弱点，
还把我认为是好的硬说成坏？

不。——我始终是我；他们对准我
詈骂诽谤，正说明他们污秽；
我是正直的，尽管他们是歪货；
他们的脏念头表不出我的行为；

　　除非他们敢声言全人类是罪孽，——
　　人都是恶人，用作恶统治着世界。

'Tis better to be vile than vile esteem'd,
When not to be receives reproach of being;
And the just pleasure lost, which is so deem'd
Not by our feeling, but by others'seeing:

For why should others'false adulterate eyes
Give salutation to my sportive blood?
Or on my frailties why are frailer spies,
Which in their wills count bad what I think good?

No, I am that I am, and they that level
At my abuses reckon up their own:
I may be straight though they themselves be bevel;
By their rank thoughts, my deeds must not be shown;

Unless this general evil they maintain,
All men are bad and in their badness reign.

我们来到了商籁第117首至第121首这组小型内嵌诗的末尾。这五首诗关注的都是恋爱中自己或对方犯下的某种罪过、它所引起的后果、它对两人关系的影响、过错方的忏悔，以及双方达成的谅解。不过，商籁第121首聚焦的却是一种莫须有的罪名，诗人对这个惯于诽谤的世界发出了控诉。全诗的基调是对世人的义愤，旁人的目光（others'seeing）是伤人的暗箭，凌驾于“我们”自身的感受（our feeling）之上，在一个人做出恶行之前就匆忙给他冠上恶名。

'Tis better to be vile than vile esteem'd,
When not to be receives reproach of being;
And the just pleasure lost, which is so deem'd
Not by our feeling, but by others'seeing
宁可卑劣，也不愿被认为卑劣，
既然无辜被当作有罪来申斥；
凭别人察看而不是凭本人感觉
而判为合法的快乐已经丢失。

根据商籁第121首上下文的语境可知，此诗中的“卑劣”（vile）是一种情感或身体上的不忠，一桩打破了某种誓言的背叛之罪。第一节危险的潜台词是，与其莫名其妙背负上莫须有的风流罪名，还不如坐实了那罪名，至少在这个过程中自己还得到了相匹配的享受。莎士比亚的同辈人、“对手诗人”人选之一本·琼森的古典喜剧《福尔蓬奈》（*Volpone*，又译《狐狸》）第三幕第五场中，有一首《献给赛利亚的诗》（*Poem to Celia*），讲述了一种类似的“自暴自弃”的逻辑，该诗起于劝爱人及时行乐的“惜时诗”主题，终于对爱人害怕犯罪的宽心——只要不被看见，就算不得犯罪：

Come, my Celia, let us prove,
While we can, the sports of love.
Time will not be ours for ever,
…
'Tis no sin love's fruits to steal,
But the sweet thefts to reveal;
To be taken, to be seen,
These have crimes accounted been.
来吧，我的塞西莉亚，来坐实
爱情的欢愉，趁我们还能
时间不会永远属于你我
……
偷窃爱情的果实不是罪过，

揭示那甜蜜盗行才是罪过；

被抓现行，被当场看清，

这些才会让人蒙上罪名。

（包慧怡 译）

商籁第121首第二节重点谴责了世人的爱管闲事，诗人申辩道，犯下通奸罪的不是自己，而是世人虚伪游荡的眼睛（false adulterate eyes）；“我”或许有自己的“脆弱”（frailties），但那些“更脆弱的”（frailer）人却自命为间谍和法官，对“我”的言行横加评判：

For why should others' false adulterate eyes

Give salutation to my sportive blood?

Or on my frailties why are frailer spies,

Which in their wills count bad what I think good?

为什么别人的虚伪淫猥的媚眼

要向我快乐的血液问候，招徕？

为什么懦夫们要窥探我的弱点，

还把我认为是好的硬说成坏？

《奥赛罗》第四幕第三场中爱米莉亚（Emelia）寻思已婚男人为何会出轨，给出的理由之一便是“脆弱”（frailty），朱生豪将之翻译为“喜新厌旧”：

... What is it that they do
When they change us for others? Is it sport?
I think it is: and doth affection breed it?
I think it doth: is't frailty that thus errs?
It is so too: and have not we affections,
Desires for sport, and frailty, as men have? (ll.93–98)

他们厌弃了我们，别寻新欢，是为了什么缘故呢？是逢场作戏吗？我想是的。是因为爱情的驱使吗？我想也是的。还是因为喜新厌旧的人之常情呢？那也是一个理由。那么难道我们就不会对别人发生爱情，难道我们就没有逢场作戏的欲望，难道我们就不会喜新厌旧，跟男人们一样吗？

商籁第 121 首第三节中，诗人对世人不公的斥责变得更加掷地有声：“我始终是我”，世人对“我”的诋毁只能够清算他们自己的卑鄙，歪斜扭曲的是他们自己。

No, I am that I am, and they that level
At my abuses reckon up their own:
I may be straight though they themselves be bevel;

By their rank thoughts, my deeds must not be shown
不。——我始终是我；他们对准我
詈骂诽谤，正说明他们污秽；
我是正直的，尽管他们是歪货；
他们的脏念头表不出我的行为

《哈姆雷特》第三幕第一场中，哈姆雷特关于生死的著名独白同时也是对世间种种诽谤污蔑的贬斥，并且指出义人承受不公成了这个邪恶人世的常态。该独白的后半部分回响着与本诗同样义愤的声调：“谁愿意忍受人世的鞭挞和讥嘲、压迫者的凌辱、傲慢者的冷眼、被轻蔑的爱情的惨痛、法律的迁延、官吏的横暴和费尽辛勤所换来的小人的鄙视，要是他只要用一柄小小的刀子，就可以清算他自己的一生？”

或许莎士比亚笔下以第一人称对蒙受冤屈进行的最动人的控诉来自李尔王的“荒野独白”。《李尔王》第三幕第二场中，白发苍苍的老国王在暴风雨中哭诉两个大女儿的不公，同时也是对这个道德沦丧的世界的“普遍之恶”的斥责：“伟大的神灵在我们头顶掀起这场可怕的骚动。让他们现在找到他们的敌人吧。战栗吧，你尚未被人发觉、逍遥法外的罪人！躲起来吧，你杀人的凶手，你用伪誓欺人的骗子，你道貌岸然的逆伦禽兽！魂飞魄散吧，你用正直的外表遮掩杀人阴谋的大奸巨恶！撕下你们包藏祸心的伪装，显露你们罪恶的原形，向这些可怕的天吏哀号乞命吧！我是个并没有犯多大的罪却受了很大的冤屈的人。”

商籁第 121 首的对句中，充斥着这个世界的非议和污蔑被统称为一种“普遍之恶”（general evil）。这种普遍的恶也指其字面意思——人性本恶，这世界是由无处不在的邪恶之人统治的：

Unless this general evil they maintain,
All men are bad and in their badness reign.
除非他们敢声言全人类是罪孽，——
人都是恶人，用作恶统治着世界。

“荒野独白”，《李尔王》，本塞尔（George Frederick Bensell）

商籁 第122首

手册 情诗

你赠送给我的手册里面的一切，
已在我脑子里写明，好留作纪念，
这一切将超越手册中无用的篇页，
跨过所有的时日，甚至到永远；

或至少坚持到我的脑子和心
还能借自然的功能而生存的时候；
只要这两者没把你忘记干净，
关于你的记载就一定会保留。

可怜的手册保不住那么多的爱，
我也不用筹码把你的爱累计；
所以我斗胆把那本手册丢开，
去信托别的手册更好地拥抱你：

　　要依靠拐杖才能够把你记牢，
　　无异于表明我容易把你忘掉。

Thy gift, thy tables, are within my brain
Full character'd with lasting memory,
Which shall above that idle rank remain,
Beyond all date; even to eternity:

Or, at the least, so long as brain and heart
Have faculty by nature to subsist;
Till each to raz'd oblivion yield his part
Of thee, thy record never can be miss'd.

That poor retention could not so much hold,
Nor need I tallies thy dear love to score;
Therefore to give them from me was I bold,
To trust those tables that receive thee more:

  To keep an adjunct to remember thee
  Were to import forgetfulness in me.

古罗马诗人卡图卢斯在《歌集》中有一首献给友人科尔内利乌斯（Veronan Cornelius Nepos）的诗，诗一开篇就将自己眼下这本诗集的卑微和友人的巨著作对比（科尔内利乌斯写过一部百科全书式的编年史）：

……所有意大利人中唯有你
敢把一切时代展现在三卷书里
多么渊博，朱庇特啊，又多么精细！[1]

书籍崇拜（the cult of book）到了早期基督教时代愈演愈烈，这与《圣经》被钦定为神授之书和"至圣书籍"有关。如前所述，《圣经》本身就充斥着众多含义丰富的书籍意象，其中或许仍以《启示录》中的"案卷"最为生动："我又看见死了的人，无论大小，都站在宝座前。案卷展开了，并且另有一卷展开，就是生命册。死了的人都凭着这些案卷所记载的，照他们所行的受审判。"（《启示录》20:12）到了以手抄本为文化传播的核心媒介的中世纪，部分珍贵书籍已获得了近乎圣物的地位，诗歌中的各类书籍隐喻也日趋复杂，比如切拉诺的托马斯（Thomas of Celano）13 世纪写下的诗篇《神怒之日》（*Dies Irae*），其中提到了源于《启示录》、如今集审判案卷与造物清单于一体的"天命之书"：

1 卡图卢斯，《卡图卢斯〈歌集〉拉中对照译注本》，第 3 页。

Liber scriptus proferetur,
In quo totum continetur,
Unde mundus judicetur.[1]
写下的书将被呈上，
其中万物均被记载，
世界依次得到审判。

（包慧怡 译）

到了莎士比亚时代的文艺复兴作家那里，“对开本”（folio）这种庞大的书籍更是成了上帝所有杰作的目录。英国诗人弗兰西斯·卡尔勒斯（Francis Quarles）在1635年出版的《象征集》尤其凸显了后印刷术时代书籍文化的特征：

The world's ab ook in folio, printed all
With God's great works in letters capital:
Each creature is a page; and each effect
A fair character, void of all defect.[2]
宇宙是一部对开本，上帝的
全部杰作都用大写字母印刷：
每种造物都是一页书；每种效应
都是一个美妙的字符，毫无瑕疵。

（包慧怡 译）

1 R. Ernst Curtius, *European Literature and the Latin Middle Ages*, p. 318.
2 *Ibid*, p. 323.

莎士比亚本人当然是书写及书籍隐喻的忠实爱好者和勤奋的更新者。《哈姆雷特》第一幕第五场中，哈姆雷特见过亡父的幽灵后决意为父报仇，在这段荡气回肠的独白中，他发誓要将脑海中的一切其他印记都抹去，只留下父亲关于复仇的诫命：

Yea, from the table of my memory
I'll wipe away all trivial fond records,
All saws of books, all forms, all pressures past,
That youth and observation copied there;
And thy commandment all alone shall live
Within the book and volume of my brain,
Unmix'd with baser matter. (ll.99–104)

是的，我要从我的记忆的碑版上拭去一切琐碎愚蠢的记录，一切书本上的格言、一切陈言套语、一切过去的印象，我的少年的阅历所留下的痕迹，只让你的命令留在我的脑筋的书卷里，不搀杂一点下贱的废料。

此处“记忆的碑版”（table of my memory）或“脑筋的书卷”（book and volume of my brain）都被用来比喻哈姆雷特的大脑，这专司记忆的器官，展现了一种深深植根于书写隐喻的认知观。但在商籁第122首第一节中，table 一词的复数形式指的却是实实在在的、由俊美青年赠给诗人的一册记事本，一种兼具备忘录、日志与（考虑到后者的职业）诗歌草稿簿功能的“待写之书”。恰如诗人在商籁第77首中赠给俊友一本空白之书，看起来俊友向诗人回赠了对等的礼物，或是率先送出了这份邀请书写的礼物（如此，第77首中诗人的礼物才是回赠）。无论是哪种情况，诗人都欣然地在其中“写满了恒久的记忆”。

Thy gift, thy tables, are within my brain
Full character'd with lasting memory,
Which shall above that idle rank remain,
Beyond all date; even to eternity
你赠送给我的手册里面的一切，
已在我脑子里写明，好留作纪念，
这一切将超越手册中无用的篇页，
跨过所有的时日，甚至到永远

接着诗人又让自己的心灵与大脑为伍，将两者都变成了记忆的器官，说它们直到包括“你”的身体在内的万物湮灭那天，都不会忘记“你”——“对你的记录”（thy record）永远不可能在“我”的心中或者脑中遗失：

Or, at the least, so long as brain and heart
Have faculty by nature to subsist;
Till each to raz'd oblivion yield his part
Of thee, thy record never can be miss'd.
或至少坚持到我的脑子和心
还能借自然的功能而生存的时候；
只要这两者没把你忘记干净，
关于你的记载就一定会保留。

到了第三节中，我们终于得以知晓究竟有什么确实被“遗失”了，那就是俊友作为礼物送给诗人的那本“手册”（thy gift, thy tables）。结合第 77 首看，诗人和青年完成了一种郑重其事的“交换书籍”的仪式：互赠空白之书给对方，让对方记录下自己的思想，这思想中必然也包含着对彼此的思念。何以诗人竟遗失了这样珍贵的信物，甚至肆意将如此带有私密性质的笔记本交给了他人（give them from me）？如果我们相信诗人用青年送他的手册来书写十四行诗的草稿——用爱人赠送的笔记本为爱人写诗毕竟十分自然——那么本诗中的 tables，是否就是最早仅在熟人圈中传阅、后世从未能找到的《莎士比亚十四行诗集》的原始手稿？或许诗人本人出于某种情非得已的考虑，主动将这些诗稿或其中的一部分流传了出去？无论这类猜想有多合理或鲁莽，在确凿的文本证据中，我们只看到诗人正费尽心思地向俊友解释自己何以丢失或“转手”了这本手册。他的核心论证只有一条：写在手册上的字迹不可能永久留存，而另一种手册，那些“更能珍藏你的册子”（those tables that receive thee more），也就是第二节中提到的“心和脑”，它们才更值得信任。“我”如此爱“你”，因此不再需要外在的书写；“我”不可能忘记你，才“丢开”这记录爱情的手册，因为对“你”的铭记已经“在我脑子里写明”。

> That poor retention could not so much hold,
> Nor need I tallies thy dear love to score;
> Therefore to give them from me was I bold,
> To trust those tables that receive thee more
> 可怜的手册保不住那么多的爱，
> 我也不用筹码把你的爱累计；
> 所以我斗胆把那本手册丢开，
> 去信托别的手册更好地拥抱你

无论这辩解看似如何牵强，诗人毕竟在诗尾完成了从典型元诗主题（写下的作品将永存，“我”的诗歌能战胜遗忘）到典型情诗主题的转换（爱情本身更能永存，永远不需要战胜遗忘）。确切地说，是用情诗的主题消解了元诗的主题：让写下的文字遗失吧，这不会影响对爱人的爱和记忆；与之相反，如果“我”需要一份“附加物”、一本备忘录或“手册”，甚至一部作品才能记住“你”，这恰恰证明了“我”潜在的健忘。但事实正好相反：让手册失落吧，而“我”对“你”的爱将永不失落。

To keep an adjunct to remember thee
Were to import forgetfulness in me.
要依靠拐杖才能够把你记牢，
无异于表明我容易把你忘掉。

反讽的是，四百多年后，身为读者的我们却是依靠这部罕见的作者在世时付印的《莎士比亚十四行诗集》，才记住这位俊美青年在威廉·莎士比亚疑窦重重的一生中谱写的乐章，才得以窥见站立在以单数的“我”为抒情主体的现代英语抒情诗传统开端处的诗人莎士比亚。

比莎士比亚早出生一辈的法国诗人龙沙（Pierre de Ronsard）的诗集《丰富的爱》（*Les Amours Diverse*, 1578）中的第 4 首商籁与本诗有类似的旨趣：

Il ne falloit, Maitresse, autres tablettes
Pour vous graver, que celles de mon coeur,

Où de sa main Amour nostre veinquer
Vous a gravée, et vos graces parfaite.
女主人，再也无需另一本笔记
来书写你，除了我自己的心，
在那里，伟大的征服者爱神依然
亲手镌刻下你和你的完美品行。

（包慧怡 译）

心形歌谣集手稿，约 1475 年

不！时间呵，你不能夸说我在变：
你有力量重新把金字塔建起，
我看它可并不希奇，并不新鲜；
那是旧景象穿上新衣裳而已。

我们活不长，所以我们要赞扬
你鱼目混珠地拿给我们的旧货；
宁可使它们合乎我们的愿望，
而不想：我们早听见它们被说过。

我是瞧不起你和你的记载的，
也不惊奇于你的现在和过去；
因为那由你的长跑编造出来的
记载和我们见到的景象是骗局：

　　我这样起誓，以后将始终如此，
　　不怕你跟你的镰刀，我永远忠实。

商籁
第 123 首

金字塔
玄学诗

No, Time, thou shalt not boast that I do change:
Thy pyramids built up with newer might
To me are nothing novel, nothing strange;
They are but dressings of a former sight.

Our dates are brief, and therefore we admire
What thou dost foist upon us that is old;
And rather make them born to our desire
Than think that we before have heard them told.

Thy registers and thee I both defy,
Not wondering at the present nor the past,
For thy records and what we see doth lie,
Made more or less by thy continual haste.

This I do vow and this shall ever be;
I will be true despite thy scythe and thee.

随着献给俊美青年的商籁接近尾声，商籁第123—125首这三首作品终于再次聚集于对时间和死亡的克服——这个一切声称自己矢志不渝的爱情终须面对的问题。诗人以“起誓”这一最为直接有效的言语行为，确认自己的爱情是必朽的世界上少数不受时间统御的不朽之物。

在与十四行诗集写作于同一时期的叙事长诗《鲁克丽丝遇劫记》中，被塔昆强暴的鲁克丽丝在悲愤中控诉“时间”（和它的仆从“机缘”），并要求时间诅咒塔昆。这段独白也是莎士比亚笔下刻画“时间”的最精彩的篇章之一，其中“时间”的形象与包括商籁第123首在内的十四行诗系列中的“时间”形象保持了高度一致：

Lucrece:
Misshapen Time, copesmate of ugly Night,
Swift subtle post, carrier of grisly care,
Eater of youth, false slave to false delight,
Base watch of woes, sin’s pack-horse, virtue’s snare;
Thou nursest all and murd’rest all that are.
O, hear me then, injurious, shifting Time …

Time’s glory is to calm contending kings,
To unmask falsehood and bring truth to light,

To stamp the seal of time in aged things,
To wake the morn and sentinel the night,
To wrong the wronger till he render right,
To ruinate proud buildings with thy hours
And smear with dust their glitt'ring golden towers;

To fill with worm-holes stately monuments,
To feed oblivion with decay of things,
To blot old books and alter their contents,
To pluck the quills from ancient ravens' wings,
To dry the old oak's sap and cherish springs,
To spoil antiquities of hammered steel
And turn the giddy round of Fortune's wheel (ll.925–30; 939–52)

鲁克丽丝：
状貌狰狞的“时间”，丑恶的“夜”的伙计，
策马飞驰的使者，递送凶讯的差役，
侍奉淫乐的刁奴，蚕食青春的鬼蜮，
灾祸的更夫，罪孽的坐骑，美德的囹圄；
是你哺育了万物，又一一予以毁弃。
欺人害人的时间呵！……

时间的威力在于：息止帝王的争战；
让真理大白于天下，把谎言妄语揭穿；
给衰颓老朽的事物，盖上时光的印鉴；
唤醒熹微的黎明，守卫幽晦的夜晚；
给损害者以损害，直到他弃恶从善；
以长年累月的磨损，叫巍巍宝殿崩坍；
以年深月久的尘垢，把煌煌金阙污染；

让密密麻麻的虫孔，蛀空高大的牌坊；
让万物朽败消亡，归入永恒的遗忘；
涂改古代的典籍，更换其中的篇章；
从年迈乌鸦的双翅，把翎毛拔个精光；
榨干老树的汁液，抚育幼苗成长；
把钢铸铁打的古物，糟践得七损八伤；
转动“命运”的飞轮，转得人晕头转向。

（杨德豫 译）

商籁第123首第一行就直接向以第二人称出现的受话者（addressee）“时间”发起呼告。诗人以一个铿锵有力的否定祈使句，作出了同时是预言、命令和决心的宣言：不，时光，“你”不能夸耀“我”多变。

No, Time, thou shalt not boast that I do change:
Thy pyramids built up with newer might
To me are nothing novel, nothing strange;
They are but dressings of a former sight.
不！时间呵，你不能夸说我在变：
你有力量重新把金字塔建起，
我看它可并不希奇，并不新鲜；
那是旧景象穿上新衣裳而已。

此处第 1 行与商籁第 18 首(《夏日元诗》) 第 11 行有异曲同工之妙(Nor shall death brag that thou wander'st in his shade)，只是第 18 首中被禁止进行“夸耀”的是“死亡”。时间和死亡在莎士比亚十四行诗中犹如胞兄，时常携手出现，或干脆被当作近义词使用。商籁第 123 首中时间威能的核心象征是一种古老的建筑——金字塔，这最初建造来保存古埃及法老的身体以期超越死亡、获得不朽的悖论构造，被诗人称为时间自己的作品(thy pyramids)。在“我”眼中，这样宏伟的建筑不足为奇，它们不过是往昔光景的一种“装饰”(dressing)。下一节进一步指出，人类由于自己的生命短暂，才会将“时光的种种旧把戏”当作因“我们”的心愿而生的新事物，对时间的威力盲目崇拜：

Our dates are brief, and therefore we admire
What thou dost foist upon us that is old;
And rather make them born to our desire
Than think that we before have heard them told.
我们活不长，所以我们要赞扬
你鱼目混珠地拿给我们的旧货；
宁可使它们合乎我们的愿望，
而不想：我们早听见它们被说过。

由于能占据和观测的时间长短不同（“我们”只有短暂的一辈子，“时光”却有世世代代数不尽的光阴可以派遣），这种不公造成了世人对时间的盲目敬畏。诗人在第三节中说，自己将“既不敬畏现在也不敬畏往昔”，而要公然抵抗时间的权威，不承认时间的“记载”（registers）和“编年”（records），称之为谎言。“我”声称，历史上发生的一切事件，其相对的重要性，其可被人们心灵感知到的相对时间长短，都是由时光“你”一刻不断的疾驰（thy continual haste）造成的。

Thy registers and thee I both defy,
Not wondering at the present nor the past,
For thy records and what we see doth lie,

Made more or less by thy continual haste.
我是瞧不起你和你的记载的，
也不惊奇于你的现在和过去；
因为那由你的长跑编造出来的
记载和我们见到的景象是骗局

拒绝承认时间的威望后，诗人在最后的对句中再次立誓，说无论光阴如何变迁，甚至当时间成为死神本身——我们再次看到手持镰刀的收割者形象（Grim Reaper）被时间之神和死神共享——自己（在爱情中）的“真”将永不更改：

This I do vow and this shall ever be;
I will be true despite thy scythe and thee.
我如此立下誓言，此誓亘古不变：我将
矢志不渝，无论你和你的镰刀多么草莽。

（包慧怡 译）

在《鲁克丽丝遇劫记》中那段诅咒时间的独白的最后，鲁克丽丝要求时间惩罚作恶的凶手塔昆，但她首先提到了时间的不可逆性——已然发生的一切都不可撤销，这是时间运行的规律，故而时间在此又被称作“‘永恒’的侍仆”。

换言之，时间亦须侍奉他人，光阴并非万能：

Why work'st thou mischief in thy pilgrimage,
Unless thou couldst return to make amends?
One poor retiring minute in an age
Would purchase thee a thousand thousand friends,
Lending him wit that to bad debtors lends.
O this dread night, wouldst thou one hour come back,
I could prevent this storm and shun thy wrack!
Thou ceaseless lackey to Eternity (ll.960–67)
既然你不能退回来，补救你造成的伤损，
你何苦要在一路上，不断地闯祸行凶？
只消在长长岁月里，倒退短短一分钟，
就有千百万世人，会对你改容相敬，
借债给赖债者的债主，就会学到点聪明；
只消这可怖的夜晚，肯倒退一个时辰，
我就能预防乱子，逃脱危亡的厄运！
你呵，“永恒”的侍仆——奔波不息的“时间”！

（杨德豫 译）

商籁 第124首

私生子 玄学诗

假如我的爱只是权势的孩子，
它会是命运的私生儿，没有爸爸，
它将被时间的爱或憎任意处置，
随同恶草，或随同好花被摘下。

不，它建立了，同偶然毫无牵挂；
在含笑的富贵面前，它沉得住气，
被压制的愤懑的爆发也打不垮它，
尽管这爆发已成为当代的风气。

权谋在租期很短的土地上干活，
对于这位异教徒，它毫不畏惧。
它不因天热而生长，不被雨淹没，
只是巍然独立，深谋远虑。

　　我唤那为一善而死、为众恶而生、
　　被时间愚弄的人来为此事作证。

If my dear love were but the child of state,
It might for Fortune's bastard be unfather'd,
As subject to Time's love or to Time's hate,
Weeds among weeds, or flowers with flowers gather'd.

No, it was builded far from accident;
It suffers not in smiling pomp, nor falls
Under the blow of thralled discontent,
Whereto th'inviting time our fashion calls:

It fears not policy, that heretic,
Which works on leases of short-number'd hours,
But all alone stands hugely politic,
That it nor grows with heat, nor drowns with showers.

To this I witness call the fools of time,
Which die for goodness, who have lived for crime.

接着上一首诗的主题，商籁第124首继续强调自己的爱情不受制于时光、命运和世俗荣辱，因此才能在时间之外获得不朽。和第123首一样，诗人理论上的目标读者（俊友）通篇未曾登场，这也使得这首诗成为一首追问爱情本质的玄学诗。

全诗以一个虚拟句式开篇，实际是对所说内容的否定："我"的爱情不是"权势的孩子"或"（一时一势的）处境的孩子"——首行中的state可以有多种阐释，不是命运女神的"没有父亲的私生子"，也不受时间的爱恨左右。

If my dear love were but the child of state,
It might for Fortune's bastard be unfather'd,
As subject to Time's love or to Time's hate,
Weeds among weeds, or flowers with flowers gather'd.
假如我的爱只是权势的孩子，
它会是命运的私生儿，没有爸爸，
它将被时间的爱或憎任意处置，
随同恶草，或随同好花被摘下。

由于命运女神总是同时垂青无数人，也就潜在生下了无数的私生子（bastard），莎士比亚在《哈姆雷特》中至少两次将命运女神比作一名滥情的娼妓（strumpet），都出现在第二幕第二场中。第一处出自哈姆雷特本人之口：

Guildenstern:

Happy, in that we are not over-happy;

On fortune's cap we are not the very button.

Hamlet:

Nor the soles of her shoe?

Rosencrantz:

Neither, my lord.

Hamlet:

Then you live about her waist, or in the middle of her favours?

Guildenstern:

'Faith, her privates we.

Hamlet:

In the secret parts of fortune? O, most true; she is a strumpet. (ll.227–34)

吉尔登斯吞：无荣无辱便是我们的幸福；我们高不到命运女神帽子上的纽扣。

哈姆雷特：也低不到她的鞋底吗？

罗森格兰兹：正是，殿下。

哈姆雷特：那么你们是在她的腰上，或是在她的怀抱之中吗？

吉尔登斯：说老实话，我们是在她的私处。

哈姆雷特：在命运身上秘密的那部分吗？啊，对了；她本来是一个娼妓。

两百多行之后，被召入宫的演员在哈姆雷特面前念台词时（念的正是特洛伊老国王普里阿靡斯被杀的惨状），再次将命运称作一名“娼妇”：

Out, out, thou strumpet, Fortune! All you gods,
In general synod 'take away her power;
Break all the spokes and fellies from her wheel,
And bowl the round nave down the hill of heaven,
As low as to the fiends!' (ll. 487–91)
去，去，你娼妇一样的命运！
天上的诸神啊！剥去她的权力，
不要让她僭窃神明的宝座；
拆毁她的车轮，把它滚下神山，
直到地狱的深渊。

世人都知道命运女神的垂青总是转瞬即逝，被命运托举到好运的顶点的人，很可能下一刻就会遭到灭顶之灾。

而诗人在商籁第124首中一再重申，“我”的爱既然不是权贵之子，也就不被命运的起落左右，可以宠辱不惊地屹立，就如它起先就绝非建立在机缘巧合之上：

No, it was builded far from accident;
It suffers not in smiling pomp, nor falls
Under the blow of thralled discontent,
Whereto th’inviting time our fashion calls
不，它建立了，同偶然毫无牵挂；
在含笑的富贵面前，它沉得住气，
被压制的愤懑的爆发也打不垮它，
尽管这爆发已成为当代的风气。

“偶然性”或“事故”（accident）在莎士比亚关于时间的诗句中，几乎都是一个负面含义的词。对比商籁第115首第5行，时间被描述成包含着百万计的事故 / 偶然事件（accidents）——“但是计量着光阴，它饱含无数事故”（But reckoning Time, whose million’d accidents）。类似地，在叙事长诗《鲁克丽丝遇劫记》中，鲁克丽丝称“机缘”（opportunity）为“时间的仆人”，与时间同谋，是具体的恶行的促成者：

O Opportunity, thy guilt is great!
'Tis thou that executest the traitor's treason:
Thou set'st the wolf where he the lamb may get;
Whoever plots the sin, thou 'point'st the season;
…

Why hath thy servant, Opportunity,
Betray'd the hours thou gavest me to repose,
Cancell'd my fortunes, and enchained me
To endless date of never-ending woes?
Time's office is to fine the hate of foes;
To eat up errors by opinion bred,
Not spend the dowry of a lawful bed.

机缘呵！你的罪过，也算得十分深重：
奸贼的叛逆阴谋，有了你才能得逞；
是你把豺狼引向攫获羔羊的路径；
是你给恶人指点作恶的最佳时令；
……

时间呵，究竟为什么，机缘——你的仆人
竟敢卑鄙地盗卖你供我安息的时辰？

为什么把我的福祉，勾销得一干二净，
用无尽无休的灾厄，把我拴牢捆紧？
时间呵，你的职责，是消弭仇人的仇恨，
是检验各种主张，破除其中的谬论，
而不是无端毁损合法合意的婚姻。

（杨德豫 译）

在商籁第124首第三节中，诗人接着宣称，自己的爱不畏“治国之术”或“权谋”（policy）——多变且无信用可言的权术被称作“异教徒”。与之相对，岿然不动的爱情不被外境的变迁左右，因此反而能凌驾于一切翻云覆雨的权术之上，成为最“慎重”和“深思熟虑的”（politic）：

It fears not policy, that heretic,
Which works on leases of short-number'd hours,
But all alone stands hugely politic,
That it nor grows with heat, nor drowns with showers.
权谋在租期很短的土地上干活，
对于这位异教徒，它毫不畏惧。
它不因天热而生长，不被雨淹没，
只是巍然独立，深谋远虑。

商籁第 116 首中已经出现过“时光的愚人”这一词组，诗人说爱情不受时光的愚弄，因而不是时间的愚人或小丑（Love's not Time's fool, though rosy lips and cheeks/Within his bending sickle's compass come, ll. 9–10)。而在商籁第 124 首的对句中，这一词组以复数形式出现，这里“时光的愚人”更多指的是那些趋炎附势的世人，他们的幸福与不幸取决于命运女神的心情，他们一生追求权势而犯下了无数罪行，唯有死时才想到天堂的福祉：

To this I witness call the fools of time,
Which die for goodness, who have lived for crime.
我唤那为一善而死、为众恶而生、
被时间愚弄的人来为此事作证。

本诗中共出现了五次用第三人称单数形式“它”（it）来指代“我的爱情”的情况，而完全没有出现爱情的对象——通常以第二人称出现的俊美青年“你”。诗人借阐述“我的爱”来追问爱情的普遍本质，这是俊美青年序列中的最后一次。在剩下的两首商籁中，诗人将再次直接以俊友为倾诉对象，亲自向爱人作最后的告别。

命运女神和她的轮子，16 世纪法国手稿

商籁 第 125 首

华盖 情诗

我举着华盖，用表面的恭维来撑持
你的面子，这对我有什么好处？
为永久，我奠下伟大的基础——它其实
比荒芜为期更短，这也是何苦？

难道我没见过仪表和容貌的租用者
付太多租钱，反而把一切都丢光？
可怜的贪利人，老在凝视中挥霍，
弃清淡入味，只追求浓油赤酱！

不；——让我在你心中永远不渝，
请接受我贫乏然而率真的贡礼，
它没有羼杂次货，也不懂权术，
只不过是我向你回敬的诚意。

　　滚开，假证人，告密者！你愈陷害
　　忠实的灵魂，他愈在你控制以外。

Were't aught to me I bore the canopy,
With my extern the outward honouring,
Or laid great bases for eternity,
Which proves more short than waste or ruining?

Have I not seen dwellers on form and favour
Lose all and more by paying too much rent
For compound sweet; forgoing simple savour,
Pitiful thrivers, in their gazing spent?

No; let me be obsequious in thy heart,
And take thou my oblation, poor but free,
Which is not mix'd with seconds, knows no art,
But mutual render, only me for thee.

Hence, thou suborned informer! a true soul
When most impeach'd, stands least in thy control.

我们来到了俊美青年序列诗的末尾，如果我们将商籁第126首看作告别致意或结信语，那么眼下的第125首就是该系列中最后一首自足的情诗，诗人在尘世荣华面前确立了真爱的优越和不朽。本诗开篇就将人所追求的价值进行了内与外、长存与短暂的两分。王室仪仗队里用来为王者遮阳并彰显身份的华盖（capopy）成了外在荣耀的终极象征，而追求外在永恒——以建筑物或纪念碑的形式——而进行的奠基则看似能够长存，实质转眼就将湮灭在时光的风沙之中。

Were't aught to me I bore the canopy,
With my extern the outward honouring,
Or laid great bases for eternity,
Which proves more short than waste or ruining?
我举着华盖，用表面的恭维来撑持
你的面子，这对我有什么好处？
为永久，我奠下伟大的基础——它其实
比荒芜为期更短，这也是何苦？

诗人自述，成为那样一个高举华盖的人（这一角色在王室仪仗行列中通常留给身份显赫的贵族青年），对他毫无意义，因为他见过太多追求表面礼遇和形式恩宠的人失去一切，并且“放弃了淡泊之味去追求复合的甜蜜”——关于 simple 与 compound 在药剂师语言中的对立，我们在商籁第 118 首（《求病玄学诗》）中已经见过——从而成了“可怜的繁荣者”（pitiful thrivers），只能“在顾盼中凋零”（in their gazing spent）：

Have I not seen dwellers on form and favour
Lose all and more by paying too much rent
For compound sweet; forgoing simple savour,
Pitiful thrivers, in their gazing spent?
难道我没见过仪表和容貌的租用者
付太多租钱，反而把一切都丢光？
可怜的贪利人，老在凝视中挥霍，
弃清淡入味，只追求浓油赤酱！

第三节是全诗的转折段，诗人举出了爱人的心，作为与上两节中外在的荣华富贵（outward honouring; form and favour）相对立的“内在价值”，说自己只对“你的心”曲意逢迎；并且再次使用了宗教和圣仪学的词汇，请求爱人接受自己的“朴实无华但自由的祭品”。

No; let me be obsequious in thy heart,

And take thou my oblation, poor but free,
Which is not mix'd with seconds, knows no art,
But mutual render, only me for thee.
不；——让我在你心中永远不渝，
请接受我贫乏然而率真的贡礼，
它没有羼杂次货，也不懂权术，
只不过是我向你回敬的诚意。

诗人献给俊友的这份“祭品”或“供奉”（oblation）自然就是自己的爱和真心了，此处也是作为与上文提到的“复合的甜蜜”（compound sweets）相对立的“淡泊之味”（simple savour）来举出的，因为这份供奉“不掺杂次品”（not mix'd with seconds），只作为爱人之间交换真情的见证。莎士比亚全部的作品中，唯一一次在别处用到 oblation 一词是在《情女怨》（*A Lover's Complaint*）中，其中叙事者自比为神坛（altar），而自己的爱欲（desires）是供奉（oblation），要献给被奉若神明的爱人，与本诗中的用法有异曲同工之妙。

Lo, all these trophies of affections hot,
Of pensived and subdued desires the tender,
Nature hath charged me that I hoard them not,

But yield them up where I myself must render,
That is, to you, my origin and ender;
For these, of force, must your oblations be,
Since I their altar, you enpatron me. (ll. 218–24)
瞧所有这些表明炽烈的热爱
和被压抑的无限柔情的表记，
上天显然不能容我留作私财，
而要我拿它作自己的献身礼，
那也就是献给你——我生命的依据：
更无疑这些供奉本应你收领，
因为我不过是神坛，你才是正神。

(孙法理 译)

在商籁第 125 首的对句中，毫无预示地出现了一名此前未曾现身的“受贿的告密者”：

Hence, thou suborned informer! a true soul
When most impeach'd, stands least in thy control.
滚开，假证人，告密者! 你愈陷害
忠实的灵魂，他愈在你控制以外。

学者们对这名告密者的身份争论不休，有说是诗系列中的大敌“时间”的，有说告密者只是一种抽象的、阻碍真爱的力量的，甚至有说是发现自己无法“控制”（control）诗人的俊友本人的。我们不妨将“告密者”看作理想式爱情的反面，一种“作假”或“欺诈”的人格化身，诗人提及“假”是为了进一步肯定“真”：怀着真爱的灵魂（a true soul）是经历千锤百炼反而愈加坚定的，真挚的心灵不畏外境的挫磨。

商籁第125首中充满了悖论修辞，不妨对比阅读多恩的《神圣十四行诗》之《锤击我心，三位一体的上帝》（*Batter My Heart, Three-person'd God*），这或许是文艺复兴英国诗学史上将悖论修辞法运用得最炉火纯青的十四行诗之一。

Batter My Heart, Three-person'd God

John Donne

Batter my heart, three-person'd God, for you
As yet but knock, breathe, shine, and seek to mend;
That I may rise and stand, o'erthrow me, and bend
Your force to break, blow, burn, and make me new.
I, like an usurp'd town to another due,
Labor to admit you, but oh, to no end;

Reason, your viceroy in me, me should defend,
But is captiv'd, and proves weak or untrue.
Yet dearly I love you, and would be lov'd fain,
But am betroth'd unto your enemy;
Divorce me, untie or break that knot again,
Take me to you, imprison me, for I,
Except you enthrall me, never shall be free,
Nor ever chaste, except you ravish me.

锤击我心，三位一体的上帝

约翰·多恩

锤击我心，三位一体的上帝；因为，您
仍旧只是敲打，吹起，磨光，试图修补；
为使我爬起，站立，就该打翻我，集聚
力量，粉碎，鼓风，焚毁，重铸我一新。
我，像一座被夺的城，欠另一个主子的税，
努力要承认您，可是，哦，却没有结果；
寻思您在我之中的总督，应该会保护我，
他却遭到囚禁，被证实为懦弱或不忠实；
然而，我深深挚爱您，也乐于为您所爱，
可是，却偏偏被许配给了您的寇仇死敌；

让我离婚吧，重新解开，或扯断那纽带，
把我攫取，归您所有，幽禁起我，因为
我将永远不会获得自由，除非您奴役我，
我也从来不曾保守贞洁，除非您强奸我。

（傅浩 译）

华盖下的伊丽莎白一世，首字母装饰，约1589年

可爱的孩子呵，你控制了易变的沙漏——
时光老人的小镰刀——一个个钟头；
在衰老途中你成长，并由此显出来
爱你的人们在枯萎，而你在盛开！
假如大自然，那统治兴衰的大君主，
见你走一步，就把你拖回一步，
那她守牢你就为了使她的技巧
能贬低时间，能杀死渺小的分秒。
可是你——她的宠儿呵，你也得怕她；
她只能暂留你、不能永保你作宝匣，
她的账不能不算清，虽然延了期，
她的债务要偿清，只有放弃你。

（　　　　　　　　　　　　　　　）
（　　　　　　　　　　　　　　　）

商籁
第 126 首

结信语
情诗

O thou, my lovely boy, who in thy power
Dost hold Time's fickle glass, his sickle, hour;
Who hast by waning grown, and therein showest
Thy lovers withering, as thy sweet self growest.
If Nature, sovereign mistress over wrack,
As thou goest onwards still will pluck thee back,
She keeps thee to this purpose, that her skill
May time disgrace and wretched minutes kill.
Yet fear her, O thou minion of her pleasure!
She may detain, but not still keep, her treasure:
Her audit (though delayed) answered must be,
And her quietus is to render thee.

( )
( )

我们知道，莎士比亚十四行诗系列中的第1—126首是以一位俊美青年（Fair Youth），或曰诗人的“俊友”（Fair Friend）为致意对象的，现在我们终于来到了这场诗歌奥德赛的末尾。商籁第126首通常被看作一首告别之诗，诗人此前曾用各种动听的爱称称呼这位俊友，最直白的莫过于唤他为“我的爱人”。在这最后的情诗的第一行，俊友则被亲昵地称作“我可爱的男孩”（my lovely boy）。

不难注意到，从诗律上而言，这并不是一首严格的十四行诗，也不遵循英式十四行诗由三节四行邻韵诗加两行押韵对句组成的结构。本诗是由6组双韵对句组成的，总共只有十二行。在1609年出版的初版四开本中，第12行之后，本该是第13—14行（即最后的对句）开始的地方，赫然印着两对圆括号。这种形式上的留白用意何为？是那位代替诗人题献的神秘出版商T.T（Thomas Thorpe）借此表明原手稿此处缺损或不可辨认吗？或者它们是诗人有意为之，旨在邀请读者自行想象和填空，为这126首诗画上每个人自己理解的句号？

抛开天花乱坠的推测，以保罗·拉姆西（Paul Ramsey）为代表的不少学者认为，商籁第126首可以被看成一种结信语。“结信语”（英语中拼写为envoy或envoi）一词派生自法语动词“送信”（envoyer），源自中世纪法国行吟诗人歌谣的最末一段，如同一封信结尾后的“附言”（postscript)。对应于部分中世纪信件诗开篇处的"启信语"（*subrascripio*）——或曰致辞（salutation），"结信语"往往被置于诗歌正文结束后，向作者的爱人、朋友或恩主直接致意，表达某种祝愿，或者提出具体的期望和诉求。比如莎士比亚的诗歌偶像之一、英语诗歌之父乔叟曾写过一首不太著名的短抒情诗《乔叟致他钱袋的怨歌》。在其诗末的结信语中，诗人就一改正文中寓言体的迂回曲折，借献诗的名义，直接向当朝国王亨利四世"催稿费"，委婉提醒这位新上任的国王继续发放本该由其前任理查二世发给乔叟的王室津贴。[1]

L'Envoy de Chaucer:
O conquerour of Brutes Albyoun
Which that by line and free eleccioun
Been verray king, this song to yow I sende,
And ye that mowen alle oure harmes amende
Have minde upon my supplicacioun.
乔叟的结信语：
哦，布鲁特–阿尔比翁的征服者！
你继承皇家血统，也通过自由选举
是真正的英国之王，我把这支歌献给你；
你，有能力弥补一切哀伤的你，

1 参见拙著《中古英语抒情诗的艺术》，第242—254页。

下定决心吧，听取我的恳求！

（包慧怡 译）

把商籁第 126 首看作附加在俊美青年诗序列之后的结语确实不无道理。本诗的主题——自然 / 造化在俊友身上的巧夺天工，与无情收割一切的时间 / 死亡之间的对峙和抗争——在之前 125 首商籁中以不同形式反复出现过，尤其在位于整个诗系列开端处的 17 首惜时诗中。比如，商籁第 11 首(《印章惜时诗》) 就集中处理了“自然”与“时间”抗争的主题，就连核心隐喻之一都与本诗相同。商籁第 126 首和第 11 首第一节都用月亮的阴晴圆缺来比喻人的生命阶段，不同的是，第 11 首说的是“亏损中的增长”：当“你”生命的满月逐渐亏损成为残月时，“你”的孩子就将从新月成熟为满月。第 126 首聚焦的却是“亏损时的增长”：当“你”的爱慕者一个个随着岁月流逝而年老色衰，“你”的美貌却奇迹般地不减反增。

O thou, my lovely boy, who in thy power
Dost hold Time's fickle glass, his sickle, hour;
Who hast by waning grown, and therein showest
Thy lovers withering, as thy sweet self growest.
可爱的孩子呵，你控制了易变的沙漏——

时光老人的小镰刀——一个个钟头；

在衰老途中你成长，并由此显出来

爱你的人们在枯萎，而你在盛开！

虽然本诗是由6组双韵对句构成的，但莎士比亚诗笔的精妙之处就在于，从内在逻辑而言，这首诗读起来仍像是一首4+4+4的英式十四行诗，只不过少了最后的对句。我们仿佛看到了一首寄居在十二行诗外壳之中的十四行诗，因此姑且仍用十四行诗的术语称呼其分节。在上面的第一节四行诗中，具有“阻挡住时间的无常镜子，他的镰刀，他的时辰”之能力的，结合下文，读者会预期是拟人化的“自然女神”。但这一节的主语却始终是第二人称单数的“你”，“我可爱的男孩”，仿佛身为自然选中之人的“你”也分享并代理了自然的力量。作为收割者的手持镰刀的时间形象是我们所熟悉的，从之前的商籁中我们也知道，莎士比亚笔下的时间往往可以和死亡互换，两者的拟人形象都是男性的。但此处时间的另一样道具“镜子”（Time's fickle glass）引起了一些争议：glass这个词在154首十四行诗中一共出现过10次，除了在商籁第5首中与它今天的首要义项相同，用来指（香水瓶的）“玻璃”，其他9处都基本确凿地被当作“镜子”使用，去映照出诗中某位人物的面容。因此，将本诗中的glass理解成“镜子”是十分自然的，就如在许多中世纪和文艺复兴“虚空画”（Vanitas）中所呈现的，死神（或者被死神威胁的少女）总是手持一面圆镜，镜中映出死神或是对镜少女死后将成为的骷髅。但在图像学传统上，死神携带的另一种标配道具是象征光阴流逝的沙漏（hourglass），这后一种组合也清晰地指向死神与时间之神两者身份的合一。因此本诗第二行中“Time's fickle glass, his sickle, hour”（两个逗号为四开本原有）也可以被颠倒词序而读作“Time's fickle hourglass, his sickle”。在莎士比亚这位双关大师这里，时间、死神或少女手中的镜子（glass）同时可以是沙漏（hourglass），这不仅仅因为它们都由glass（玻璃）制成，也在同时代绘画作品中得到了一遍又一遍的注释。

此诗的剩余8行可以说都是转折段。第二节“四行诗”说，自然作为掌管万物兴亡的女主人（sovereign mistress over wrack），虽然有能力将“你”从流逝的光阴那里拉回一程（pluck thee back），但她这么做却只是为了用自己的技艺羞辱时间（that her skill/May time disgrace）。第三节“四行诗”进一步强调说，即便自然能够暂时将“你”挽留，也无法真正从时间那里保住“你”，“她的珍宝”（She may detain, but not still keep, her treasure），因为就连自然女神也必须在更高的权威面前清算她的账目。

Her audit (though delayed) answered must be,
And her quietus is to render thee.
她的账不能不算清，虽然延了期，
她的债务要偿清，只有放弃你。

这里的 audit（审计，查账）一词在 1609 年四开本中拼作 audite，与拉丁文中第二人称命令式动词“听!”的拼法一模一样。而 quietus 一词（直接保留了拉丁文词形）除了“清偿债务”外，还有“死亡，静止”这个首要义项。于是，全诗最后两句中出现了引人注目的双重双关（double punning）。字面上，自然女神要清算并偿还她因为挽留“你”而欠下的债务，方法就是把“你”交还给时间。字词外，诗人的深意却在于那只能用双关对爱人发出的预警：且听（*audite*）！造化并不能永远庇护“你”，被自然交出去偿债的“你”终将死去，即使这也意味着她自己的死亡（her quietus），因为“你”是保存她最高技艺的实体。和整本诗集开端处的 17 首惜时诗不同，诗人在这最后一首情诗中没有再发出繁衍子嗣的直白规劝，但在对俊友命运的深切忧虑中，诗人已尽其所能地表达了对“我可爱的男孩”深沉而真挚的关怀。

本诗之外，十四行诗系列中另一首形式上不是“十四行”的商籁，是多了一行而成为“十五行诗”的第 99 首

（《“物种起源”博物诗》）。第 126 首这一由六组对句组成的“假十四行诗”正式宣告着“俊美青年诗序列”的结束，其主题和措辞既是对此前 125 首商籁的总结，又为即将开始的“黑夫人诗序列”作好了铺垫。幕布升起，烛光摇颤，旧幽灵已退场，新的魅影正款步登台。

《虚空寓言图》，特罗菲米·比格（Trophime Bigot），1630 年，画中同时出现镜子、沙漏、骷髅

商籁 第127首

黑夫人反情诗

在往古时候，黑可是算不得美色，
黑即使真美，也没人称它为美；
但是现在，黑成了美的继承者，
美有了这个私生子，受到了诋毁：

自从人人都僭取了自然的力量，
把丑变作美，运用了骗人的美容术，
甜美就失去了名声和神圣的殿堂，
如果不活在耻辱中，就受尽了亵渎。

因此，我情人的头发像乌鸦般黑，
她的眼睛也穿上了黑衣，仿佛是
在哀悼那生来不美、却打扮成美、
而用假美名侮辱了造化的人士：

　　她眼睛哀悼着他们，漾着哀思，
　　教每个舌头都说，美应当如此。

In the old age black was not counted fair,
Or if it were, it bore not beauty's name;
But now is black beauty's successive heir,
And beauty slander'd with a bastard shame:

For since each hand hath put on Nature's power,
Fairing the foul with Art's false borrowed face,
Sweet beauty hath no name, no holy bower,
But is profan'd, if not lives in disgrace.

Therefore my mistress'eyes are raven black,
Her eyes so suited, and they mourners seem
At such who, not born fair, no beauty lack,
Sland'ring creation with a false esteem:

Yet so they mourn becoming of their woe,
That every tongue says beauty should look so.

商籁第127首是“黑夫人诗序列”中的第一首，该序列将一直持续到第152首。这是一首颠覆一般十四行诗情诗传统的反情诗（mock love poem），也是一首追溯“黑色”何以为美的“物种起源诗”。诗中的black（黑）起先作为fair（白皙/美）的对立面出现，最终却重新定义了“美”。

所谓“黑夫人”（Dark Lady）是后世对莎士比亚十四行诗集“双生缪斯”（twin muses）中的第二位的简称，其身份与“俊美青年”一样神秘莫测。[1] 位于诗集即将收尾处的这26首“黑夫人组诗”得名于诗中对女主人公肤色的描绘：不是从彼特拉克到但丁，再到16世纪早期英国情诗传统中的金发碧眼、皮肤雪白的美人，而是黑皮肤、黑头发、黑眼睛的异域女子。外表上的“黑”成了这位女子的首要标签，诗人在商籁第127首的第一节中就已将这一点挑明：

In the old age black was not counted fair,
Or if it were, it bore not beauty's name;
But now is black beauty's successive heir,
And beauty slander'd with a bastard shame
在往古时候，黑可是算不得美色，
黑即使真美，也没人称它为美；

1 关于作为历史人物的黑夫人候选人，参见本书《导论》第三部分。

但是现在，黑成了美的继承者，

美有了这个私生子，受到了诋毁

“在往古时候，黑可是算不得美色……但是现在，黑成了美的继承者”——这当然是莎士比亚出于对照需要采用的修辞，他不可能不知道，“古代”既有特洛伊的海伦这样符合西方正统审美的、肤色白皙的倾国美女，也有《旧约·雅歌》中书拉密女这样黑肤的东方佳人。这位所罗门王钟爱的新娘如此为自己的肤色辩护：“耶路撒冷的众女子啊，我虽然黑，却是秀美，如同基达的帐棚，好像所罗门的幔子。不要因日头把我晒黑了，就轻看我。我同母的弟兄向我发怒，他们使我看守葡萄园，我自己的葡萄园却没有看守。”（《雅歌》1：5–6）

无独有偶，所罗门王生命中另一位重要女子示巴女王（Queen of Sheba）亦被后世画家描绘成全身黝黑的形象，尽管《旧约》中只说示巴女王来自俄斐（Ophir，今日阿拉伯半岛也门地区，也有说是埃塞俄比亚的），对她的肤色并未描述（《列王纪上》10：1–13;《列代志下》9：1–12）;《新约》中也只称她为“南方的女王”（《太》12：42;《路》11：31）。[1]《圣经》中并无所罗门王与示巴女王相爱的记载，只提到了后者的来访和双方互赠礼物，但如奥利金这样的早期教父作家认为示巴女王就是《雅

1 “当审判的时候，南方的女王要起来定这世代的罪；因为她从地极而来，要听所罗门的智慧话。看哪，在这里有一人比所罗门更大！”（《马太福音》12：42;《路加福音》11：31）

歌》中的黑肤新娘。而在一些民间传说，比如埃塞俄比亚的国家史诗《王者荣耀》(*Kebra Nagast*, 1322 年译自阿拉伯语）中，所罗门王和示巴女王的儿子会直接化身为埃塞俄比亚的开朝国君梅尼力克一世(Menelik I)。

不管怎么说，黑肤女子可以是秀美的，甚至是足以令国君倾倒和偏宠的秀美，这在“古代的”文献中并不缺少记载。从本诗第二节起，诗人拿来与“古代的美”形成对照的，从“黑色的美”转成了“人工的美”——“古代”(old age)成了“自然”(nature)的代名词，“今日”(now)成了“人工 / 艺术”(art)的代名词：

For since each hand hath put on Nature's power,
Fairing the foul with Art's false borrowed face,
Sweet beauty hath no name, no holy bower,
But is profan'd, if not lives in disgrace.
自从人人都僭取了自然的力量，
把丑变作美，运用了骗人的美容术，
甜美就失去了名声和神圣的殿堂，
如果不活在耻辱中，就受尽了亵渎。

诗人回到了他在俊美青年组诗中就多次悲叹过的主题——滥用化妆品——并说这一行为是“借来假面”

(false borrowed face),“化丑为美”(fairing the foul),甚至是“将美逐出自己的神殿”,“亵渎了美”(but is profan'd)——profane的词源即来自拉丁文*pro-+fanus*(置于神庙之前/之外)。正如在商籁第68首(《地图与假发博物诗》)第一节中,诗人就批评过今人的涂脂抹粉和以假乱真,而把俊美青年天然的美说成是“古代的地图”:

... his cheek the map of days outworn,
When beauty lived and died as flowers do now,
Before these bastard signs of fair were born,
Or durst inhabit on a living brow
……他的脸颊是往昔岁月的地图,
那时美如今日的鲜花,盛开又凋落,
那时伪劣之美的标记尚未生出,
也不敢在生者的眉端正襟危坐

(包慧怡 译)

在商籁第127首中,诗人的“女主人/情妇”(mistress)虽然没有天然的白皙,却有天然的黝黑;她从未试图用化妆品去化黑为白,而是安于自己的肤色,并以一个悲叹世风日下的服丧人的形象出现。她黑色的眉毛、黑色的眼睛都如身穿黑衣的“哀悼者”(mourner),哀叹那些不自信的伪装者，哀叹人工对自然之美的僭越和篡夺。如此一来，“黑夫人”在何为美这件事上就与诗人站到了同一阵营：或许黑夫人本人谈不上美，但至少她清楚什么不是美——一切不真的事物都不可能是美。

> Therefore my mistress'eyes are raven black,
> Her eyes so suited, and they mourners seem
> At such who, not born fair, no beauty lack,
> Sland'ring creation with a false esteem
> 因此，我情人的头发像乌鸦般黑，
> 她的眼睛也穿上了黑衣，仿佛是
> 在哀悼那生来不美、却打扮成美、
> 而用假美名侮辱了造化的人士

在黑夫人的拒绝粉饰中，她获得了一种悖论的美，即对句中的“由于她的眉眼与哀悼的神情如此相称 / 每个人都不得不说，这就是美的真身”（Yet so they mourn becoming of their woe, /That every tongue says beauty should look so）。至此，诗人完成了对“黑色何以为美”的论证：黑色因其拒绝伪装成白色，因其拒绝加入假冒者的阵营，反而获得了真实的美。这一主题在莎士比亚早期喜剧《爱的徒劳》中亦有表现。在《爱的徒劳》第四幕第三场中，国王、郎格维、杜曼嘲讽俾隆的心上人罗瑟琳皮肤黝黑，俾隆则使出浑身解数为“黑里俏”辩护：

King:
By heaven, thy love is black as ebony.
Biron:
Is ebony like her? O wood divine!
A wife of such wood were felicity.
O, who can give an oath? where is a book?
That I may swear beauty doth beauty lack,
If that she learn not of her eye to look:
No face is fair that is not full so black.
King:
O paradox! Black is the badge of hell,
The hue of dungeons and the suit of night;
And beauty's crest becomes the heavens well.
Biron:
Devils soonest tempt, resembling spirits of light.
O, if in black my lady's brows be deck'd,
It mourns that painting and usurping hair
Should ravish doters with a false aspect;
And therefore is she born to make black fair.

Her favour turns the fashion of the days,
For native blood is counted painting now;
And therefore red, that would avoid dispraise,
Paints itself black, to imitate her brow.
Dumain:
To look like her are chimney-sweepers black.
Longaville:
And since her time are colliers counted bright.
King:
And Ethiopes of their sweet complexion crack.
Dumain:
Dark needs no candles now, for dark is light.
Biron:
Your mistresses dare never come in rain,
For fear their colours should be wash'd away.
King:
'Twere good, yours did; for, sir, to tell you plain,
I'll find a fairer face not wash'd to-day.
Biron:
I'll prove her fair, or talk till doomsday here.
(ll.253–80)

国王：凭着上天起誓，你的爱人黑得就像乌木一般。

俾隆：乌木像她吗？啊，神圣的树木！娶到乌木般的妻子才是无上的幸福。啊！我要按着《圣经》发誓，她那点漆的瞳仁，泼墨的脸色，才是美的极致，不这样便够不上“美人”两字。

国王：一派胡说！黑色是地狱的象征，囚牢的幽暗，暮夜的阴沉；美貌应该像天色一样清明。

俾隆：魔鬼往往化装光明的天使引诱世人。啊！我的爱人有两道黑色的修眉，因为她悲伤世人的愚痴，让涂染的假发以伪乱真，她要向他们证明黑色的神奇。她的美艳转变了流行的风尚，因为脂粉的颜色已经混淆了天然的红白，自爱的女郎们都知道洗尽铅华，学着她把皮肤染成黝黑。

杜曼：打扫烟囱的人也是学着她把烟煤涂满一身。

朗格维：从此以后，炭坑夫都要得到俊美的名称。

国王：非洲的黑人夸耀他们美丽的肤色。

杜曼：黑暗不再需要灯烛，因为黑暗即是光明。

俾隆：你们的爱人们永远不敢在雨中走路，她们就怕雨水洗去了脸上的脂粉。

国王：你的爱人倒该淋雨，让雨水把她的脸冲洗干净。

俾隆：我要证明她的美貌，拚着舌敝唇焦，一直讲到世界末日的来临。

在黑夫人组诗的第一首中，诗人首先确立了“黑色是她的颜色”，随即费尽周折为黑色之美辩护，表明这完全不妨碍他对她的喜爱。然而，在此后的商籁中，我们会逐渐发现，黑夫人的“黑”，远远不止于肤色，是那些隐匿于更深处的黑色给诗人带去了无尽的痛苦。

示巴女王，15 世纪手稿，哥廷根城市与大学图书馆

商籁
第 128 首

音乐
反情诗

我的音乐呵，你把钢丝的和声
轻轻地奏出，教那幸福的键木
在你可爱的手指的按捺下涌进
一连串使我耳朵入迷的音符，

我就时常羡慕那轻跳着去亲吻
你那柔软的指心的一个个键盘，
我的嘴唇，本该刈割那收成，
却羞站一边，眼看键木的大胆！

受了逗引，我的嘴唇就巴望
跟那些跳舞的木片换个处境；
你的手指别尽漫步在木片上——
教死的木片比活的嘴唇更幸运。

　　孟浪的键盘竟如此幸福？行，
　　把手指给键盘、把嘴唇给我来亲吻！

How oft when thou, my music, music play'st,
Upon that blessed wood whose motion sounds
With thy sweet fingers when thou gently sway'st
The wiry concord that mine ear confounds,

Do I envy those jacks that nimble leap,
To kiss the tender inward of thy hand,
Whilst my poor lips which should that harvest reap,
At the wood's boldness by thee blushing stand!

To be so tickled, they would change their state
And situation with those dancing chips,
O'er whom thy fingers walk with gentle gait,
Making dead wood more bless'd than living lips.

Since saucy jacks so happy are in this,
Give them thy fingers, me thy lips to kiss.

商籁第128首是黑夫人组诗中的第二首，是一首喜剧色彩浓郁的轻快小诗，或许也是所有献给黑夫人的情诗中最像传统情诗的一首，虽然诗中仍多处暗示情人的水性杨花和不忠。这首“音乐反情诗”可以作为献给俊美青年的商籁第8首(《音乐惜时诗》)的镜像诗，进行对比阅读。

全诗以一个视觉上十分适宜入画的“爱乐者”场景开篇：诗人站在弹琴的情人身边，对她的音乐天赋表示赞赏。维米尔作于半个多世纪后的《音乐课》一画仿佛是对这首诗的图解，只不过莎士比亚诗中的人物关系并非女学生和她的音乐教师，而是琴艺娴熟的“黑夫人”和为她神魂颠倒、努力压抑着自己愿望的诗人。和商籁第8首一样，“音乐”是这首诗的题眼。music这个词在整本十四行诗集中总共出现过6次，光是第128首和第8首的第一行就分别出现了两次，如在镜中。

商籁第128首第1行将黑夫人称作“我的音乐”，“多少次，我的音乐，当你弹奏着音乐”(How oft when thou, my music, music play'st)；第8首第1行将俊美青年称作“悦耳之音”，“悦耳之音，你为何悲伤地聆听着音乐?”(Music to hear, why hear'st thou music sadly?)而第8首第5行中用来比喻两心相印的“和音”(concord)在第128首第4行中成了情人“甜蜜的手指”下真实奏出的“和谐之音”（concord）；第 8 首中俊美青年因拒绝结婚而造成的“混乱”（confounds）到了第 128 首中则转化成令诗人的耳朵“意乱神迷”（condounds）。

If the true concord of well-tuned sounds,
By unions married, do offend thine ear,
They do but sweetly chide thee, who confounds
In singleness the parts that thou shouldst bear. (ll.5–8, Sonnet 8)
悦耳之音，你为何悲伤地聆听着音乐?
甜蜜不应与甜蜜作战，欢喜彼此喜欢：
那领受起来不称心之物，你为何把它爱?
又是为什么，你要把困扰欣然拥揽?

（包慧怡 译）

How oft when thou, my music, music play'st,
Upon that blessed wood whose motion sounds
With thy sweet fingers when thou gently sway'st
The wiry concord that mine ear confounds (ll.1–4, Sonnet 128)
我的音乐呵，你把钢丝的和声
轻轻地奏出，教那幸福的键木

在你可爱的手指的按捺下涌进

一连串使我耳朵入迷的音符

本诗第一节中的长句至此并未结束，而要到第二节四行诗的末行才终结，全句的主干是一个表示强调的倒装结构——“How oft … do I envy those jacks”。其中第 5 行中的 those jacks 和对句中的 saucy jacks 都指绑在琴键联动杆上的木琴栓，由于它们位于琴箱内部，严格说来并不接触弹奏者的手指，莎士比亚在本诗中将 jacks 基本等同于第 2、8、12 行中的“wood”，都代指“琴键”（keys）。[1] 诗人说他羡慕“那些琴键”能够亲吻女琴师“手的内侧”（确切地说是手指的内侧），那本来是他“可怜的嘴唇”渴望亲吻（“进行吻的收割”）的地方；如今却只能眼睁睁看着琴键如此大胆，自己的嘴唇却“涨红了脸”，巴不得和那些“跳跃的木片”交换位置：

Do I envy those jacks that nimble leap,

To kiss the tender inward of thy hand,

Whilst my poor lips which should that harvest reap,

At the wood's boldness by thee blushing stand!

我就时常羡慕那轻跳着去亲吻

1 在此诗的一个晚期手抄本版本中（Bodleian Ms Rawl. poet 152, fol. 34'. c. 1613–20），第 5 行和第 13 行中的“jacks”都写作“keys”。参见 http://www.shakespeares-sonnets.com/sonnet/128。

你那柔软的指心的一个个键盘，
我的嘴唇，本该刈割那收成，
却羞站一边，眼看键木的大胆！

在第三节四行诗的末行中，诗人说“你的手指”的爱抚使得“死木头”比“活嘴唇”更有福气，由此，我们很容易想到《罗密欧与朱丽叶》第二幕第二场中，阳台下的罗密欧希望自己变成朱丽叶的手套，这样他就好亲吻朱丽叶的手：“瞧！她用纤手托住了脸，那姿态是多么美妙！啊，但愿我是那一只手上的手套，好让我亲一亲她脸上的香泽！”在这种近乎巫术“相邻法则”的爱的祈愿中，求爱者总是希望物化自己，让自己成为与爱人亲密接触的某件物品，就如本诗中的琴键。

To be so tickled, they would change their state
And situation with those dancing chips,
O'er whom thy fingers walk with gentle gait,
Making dead wood more bless'd than living lips.
受了逗引，我的嘴唇就巴望
跟那些跳舞的木片换个处境；
你的手指别尽漫步在木片上——
教死的木片比活的嘴唇更幸运。

现实中，黑夫人的头两号候选人玛丽·芬顿（Mary Finton）和伊丽莎白·弗农（Elizabeth Vernon）都出身贵族，是女王的贴身女嫔，她们能熟练弹奏至少一种键盘乐器一点也不奇怪；而三号候选人、女诗人艾米莉亚·拉尼尔（Emelia Lanier）本就出身音乐世家（父亲是威尼斯的宫廷音乐家），拥有演奏天赋也完全合情合理。学者们通常认为本诗中黑夫人弹奏的乐器是“童贞女琴”（Virginal）。[1] 这种属于羽键琴家族的键盘乐器出现于中世纪晚期，是文艺复兴晚期至巴洛克早期欧洲宫廷的主要乐器之一，在伊丽莎白一世和詹姆士一世的宫廷中尤为盛行。[2] 也有少数人认为黑夫人弹奏的是大羽键琴（harpsichord）、翼琴（clavichord）或拨弦古钢琴（spinet）。两者都是现代钢琴的祖先，但“童贞女琴”的体型要比大羽键琴小很多，其演奏者常为女性，故而得名 Virginal——也有说这个名字来源于它犹如少女歌唱（*vox virginalis*）的琴声——因此童贞女琴是更可信的选项。并且“童贞女”这个名字也与诗人多处描绘的黑夫人的手指与琴键之间的娴熟调情形成了诙谐的对照（gently sway'st, tickled, walk with gentle gait, saucy jacks ...）——被轻柔爱抚的“琴键 / 琴栓们”（jacks）的双关义是“任何普通男子”，就如在“all work and no play makes Jack a dull boy”这类俗语中，Jack 可以表示“任何或一切男孩”。

1 Helen Vendler, *The Art of Shakespeares'Sonnets*, p. 544.

2 最常见的童贞女琴的音域为三个半八度，有 41 个按键（25 个白键、16 个黑键），琴弦用尼龙拧成，两根弦控一个音，联动杆、共鸣板和琴箱按键都是木质的。

黑夫人的“手指”既然可以同时属于“任何男子”，挑逗他们，使他们“快乐”，诗人在对句中也只好退而求其次般地要求——把“你”的手指送给他们去吻吧，“我”只要吻“你”的嘴唇：

Since saucy jacks so happy are in this,
Give them thy fingers, me thy lips to kiss.
孟浪的键盘竟如此幸福？行，
把手指给键盘、把嘴唇给我来亲吻！

包括莎士比亚在内的文艺复兴诗人很可能熟悉波伊提乌斯对音乐的三分——宇宙音乐（天体的音乐）、人的音乐、器乐，并且常常在创作中将三者融会贯通。“如果我们张开耳朵，就能感觉到亨利森所说的，‘每颗行星都在各自的天层中飞旋 / 制造着和声与音乐’（《寓言集》，1695 行），一如但丁曾听到的那样（《天堂篇》，第一歌 78 行）。”[1] 这种宏大的宇宙音乐显然不是商籁第 128 首的主旨，但通过糅合“人的音乐”和“器乐”的视觉形象，诗人至少让我们看到了音乐在“微观宇宙”（microcosm）中——也就是人类的身体中——所能激发的直接效应，无论那是娱乐、慰藉，还是引发情欲。

1 Quoted in C. S. Lewis, *The Discarded Image*, p.112.

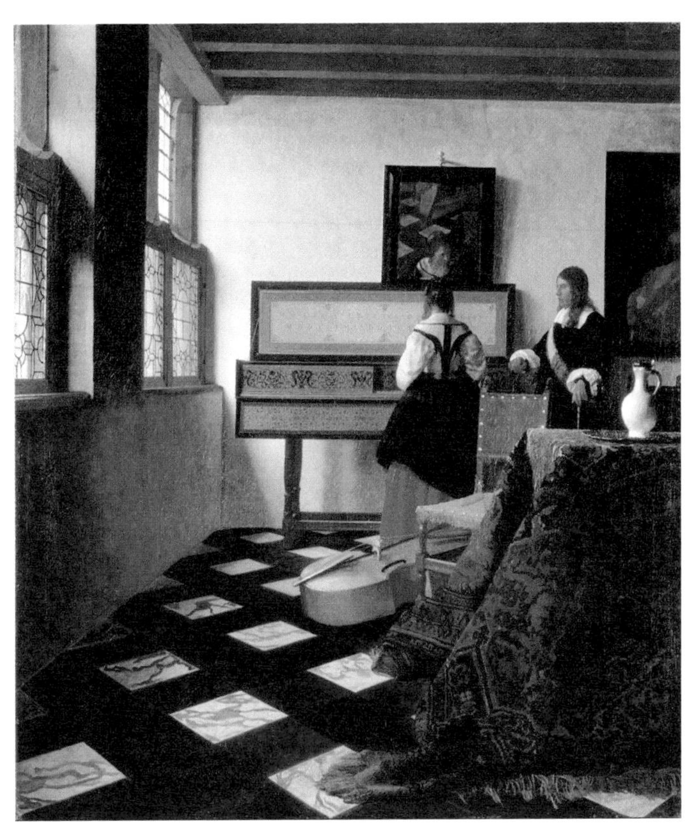

《音乐课》，维米尔，1662—1665 年，画中女子弹奏的正是“童贞女琴”的一种

生气丧失在带来耻辱的消耗里，
是情欲在行动；情欲还没成行动
已成过失，阴谋，罪恶，和杀机，
变得野蛮，狂暴，残忍，没信用；

刚尝到欢乐，立刻就觉得可鄙；
冲破理智去追求；到了手又马上
抛开理智而厌恶，像吞下诱饵，
放诱饵，是为了促使上钩者疯狂：

疯狂于追求，进而疯狂于占有；
占有了，占有着，还要，绝不放松；
品尝甜头，尝过了，原来是苦头；
事前，图个欢喜；过后，一场梦：

　　这，大家全明白；可没人懂怎样
　　去躲开这座引人入地狱的天堂。

The expense of spirit in a waste of shame
Is lust in action: and till action, lust
Is perjur'd, murderous, bloody, full of blame,
Savage, extreme, rude, cruel, not to trust;

Enjoy'd no sooner but despised straight;
Past reason hunted; and no sooner had,
Past reason hated, as a swallow'd bait,
On purpose laid to make the taker mad:

Mad in pursuit and in possession so;
Had, having, and in quest, to have extreme;
A bliss in proof, – and prov'd, a very woe;
Before, a joy propos'd; behind a dream.

All this the world well knows; yet none knows well
To shun the heaven that leads men to this hell.

拉丁语古谚云，*post coitum omne animalium triste est*（"交配之后一切动物都忧伤"）。商籁第129首如同对这句谚语的详注，大胆而生动地用一首十四行诗演绎了男性的"后交配式悲伤"（Post-coital tristesse/PCT）。正是从这里开始，黑夫人组诗的底色才真正变得黑暗起来，"爱"失去了它的名字，全面让位给"色欲"（lust）。这首著名的"情色诗"因此常被称作"色欲商籁"（the lust sonnet）。

此前两首"黑夫人商籁"中仅限于描述外表的"黑色"，在本诗中具有了全新的含义。"黑色"与"色欲""淫乱"联系起来，仿佛与一位深肤色、深发色的情妇之间发生的艳情关系（对于诗人而言几乎肯定是一场婚外恋），其过错、罪责的颜色也是更暗的，造成的"耻辱感"（a waste of shame）也是更深的。这也反映了自古希腊罗马文学传统就有的地中海世界对少数族裔女性的混合态度：陌生带来的恐惧和焦虑，掺杂着差异带来的猎奇和痴迷。

莎士比亚在戏剧作品中多次表现过这一主题，在《安东尼与克莉奥佩特拉》第一幕第一场中，菲罗在责备安东尼耽于色欲、为了埃及女王忘了自己的职责时，格外强调了克莉奥佩特拉与白皙的罗马女子截然不同的深色皮肤："嘿，咱们主帅这样迷恋，真太不成话啦。从前他指挥大军的时候，他的英勇的眼睛像全身盔甲的战神一样发出棱棱的威光，现在却如醉如痴地尽是盯在一张黄褐色的脸上。

他的大将的雄心曾经在激烈的鏖战里涨断了胸前的扣带，现在却失掉一切常态，甘愿做一具风扇，搧凉一个吉卜赛女人的欲焰。”

“黄褐色的脸”（a tawny front）和“吉普赛女人的欲焰”（a gipsy's lust）到了莎士比亚的反情诗系列中，以一种更私密、高度移情的口吻，以“加强版”的形式（黑色比黄褐色更深）搬到了“黑夫人”身上。如诗人在商籁第 127 首中所说，在自己的情妇身上，“黑是更美的颜色”，而在性关系中，黑色成了诗人的毒药，成了他欲罢不能、明知故犯、越陷越深的成瘾的标志。

但就修辞而言，商籁第 129 首是最“不像”莎士比亚风格的十四行诗之一。我们所熟悉的那些天马行空的奇喻和精心编织的、一言不合就纵跨四到八行的复杂长句，在本诗中没有位置。本诗使用的那些隐喻大多是老生常谈（“天堂”“地狱”“诱饵”等），句式上则宛如冲锋，每一行都被逗号断为多个部分（1609 年四开本中就是如此），最短的部分常常只有一个单词。几乎没有跨行的句子，即使有也被断为短分句，词语运行的方式如倾泻而出的子弹一般：

> The expense of spirit in a waste of shame
> Is lust in action: and till action, lust

Is perjur'd, murderous, bloody, full of blame,
Savage, extreme, rude, cruel, not to trust
生气丧失在带来耻辱的消耗里，
是情欲在行动；情欲还没成行动
已成过失，阴谋，罪恶，和杀机，
变得野蛮，狂暴，残忍，没信用

第一节伊始，我们就听到一名自我厌恶、濒临绝望的叙事者，正毫无保留地诅咒着自己快乐的源泉。诗人用一组短促有力、毫不拖泥带水的形容词，以及铿锵坚定、重复变奏的句式（Is lust ...; lust is ...），试图给“色欲”（lust）下定义和贴标签，仿佛这样做就可以战胜它。本诗是一首“无人称商籁”，全诗并未出现第一人称和第二人称的“剧中人”。叙事者表面上在讨论一种普遍抽象的人类处境，但他迫切而代入感强烈的声调，使读者几乎不可能不将这首诗看作一种自我治疗的尝试：叙事者当然也是全人类的一员，是在色欲漩涡中沉浮的普通男人的一员。而他给自己开出的是一种诗学的处方：用语言去尽可能精准地描述、界定、控诉色欲，仿佛看透和理解一件事就可以不再为它所左右，或从它的绝对统治下暂时脱身一小会儿，至少在写作或阅读一首十四行诗的时间内。

Enjoy'd no sooner but despised straight;
Past reason hunted; and no sooner had,
Past reason hated, as a swallow'd bait,
On purpose laid to make the taker mad:
刚尝到欢乐，立刻就觉得可鄙；
冲破理智去追求；到了手又马上
抛开理智而厌恶，像吞下诱饵，
放诱饵，是为了促使上钩者疯狂：

Mad in pursuit and in possession so;
Had, having, and in quest to have, extreme;
A bliss in proof, – and prov'd, a very woe;
Before, a joy propos'd; behind a dream.
疯狂于追求，进而疯狂于占有；
占有了，占有着，还要，绝不放松；
品尝甜头，尝过了，原来是苦头；
事前，图个欢喜；过后，一场梦

第二、第三节四行诗为我们描绘了一幅西西弗式的无望场景：虽然“理性”能够明白“行动前的色欲”（till action）——也就是欲望被满足之前——具有这一长串糟糕的品质，“野蛮、极端、粗鲁、残忍、不可信”（Savage, extreme, rude, cruel, not to trust)，同时使得追逐它的人变成这样的人，但人们依然“不顾理性”地一味追逐它(Past reason hunted)。“色欲”一旦“付诸行动”(lust in action)，得到满足(no sooner had)，却立刻又被“毫不讲理”地憎恶(Past reason hated)，因而对色欲的追求(过程)和占有(结果)都是疯狂的(Mad in pursuit and in possession so)。色欲在它的过去、进行、未来的一切时态中都是反理性而极端不可靠的(Had, having, and in quest, to have extreme)，“尝试的过程是狂喜，试过之后，彻底悲伤 / 事前预示欢乐，事后幽梦一场”(A bliss in proof, – and prov'd, a very woe; /Before, a joy propos'd; behind a dream)。性高潮的狂喜下一秒就会堕入“后交配式悲伤”(第 5 行和第 6 行中反复出现的 no sooner)，不禁让人觉得“像是吞食了诱饵 / 钓钩”(as a swallow'd bait)，而色欲这位钓者的目的是诱人彻底偏离理性。悖论就在于，理性虽然完全明白色欲的骗局，却无法阻止身体一次次往圈套里跳；高潮的“小死”(la petite morte)如此醉人，西西弗们宁肯前赴后继，一死再死。正如对句中哀叹的，“这一切，全世界都知晓；但没人知道 / 怎样不往这通往地狱的天堂里跳”(All this the world well knows; yet none knows well/To shun the heaven that leads men to this hell)。

商籁第 129 首的语调近乎歇斯底里，同时却逻辑缜密、结构精巧，宛如一座由首语重复法、串联法，以及时而表示递进（... in pursuit and in possession ...）时而表示对照（“Before ... behind ...”）的头韵法（alliteration）精心筑造的玻璃宫，一间镶满镜子的情趣密室，语言如身体般在其中舒展、扭曲、被反射或割裂，犹如对色欲及其“行动”方式的模仿。借用尼采在《悲剧的诞生》中的用词，这首商籁可以说是用一种阿波罗式的形式，有效地处理了一个普遍的、典型狄俄尼索斯式的主题。

《安东尼初见克莉奥佩特拉》，塔德玛，1836—1912 年

商籁 第 130 首

“恐怖”反情诗

我的情人的眼睛绝不像太阳；
红珊瑚远远胜过她嘴唇的红色；
如果发是丝，铁丝就生在她头上；
如果雪算白，她胸膛就一味暗褐。

我见过玫瑰如缎，红里透白，
但她的双颊，赛不过这种玫瑰；
有时候，我的情人吐出气息来，
也不如几种熏香更教人沉醉。

我挺爱听她说话，但我很清楚
音乐会奏出更加悦耳的和音；
我注视我的情人在地上举步，——
同时我承认没见到女神在行进；

可是，天作证，我认为我情人比那些
被瞎比一通的美人儿更加超绝。

My mistress'eyes are nothing like the sun;
Coral is far more red, than her lips red:
If snow be white, why then her breasts are dun;
If hairs be wires, black wires grow on her head.

I have seen roses damask'd, red and white,
But no such roses see I in her cheeks;
And in some perfumes is there more delight
Than in the breath that from my mistress reeks.

I love to hear her speak, yet well I know
That music hath a far more pleasing sound:
I grant I never saw a goddess go, –
My mistress, when she walks, treads on the ground:

And yet by heaven, I think my love as rare,
As any she belied with false compare.

商籁第130首有个别称，叫作“恐怖十四行诗”（the terrible sonnet），“恐怖”指诗人在本诗中刻画的黑夫人的形象。本诗可以说是整个十四行诗系列中最典型的一首“反情诗”。它通过三节并列的对黑夫人的外表、声音、仪态的描写，直接挑战彼特拉克以来的正统十四行情诗传统，将反情诗的“反”（mock，“嘲笑、戏仿、讽刺”）淋漓尽致地演绎成一场推陈出新的修辞革命。

如果说在始于彼特拉克的意大利体商籁情诗传统中，以及早期英国商籁的情诗传统中，爱人的形象始终是金发碧眼、白肤红唇、轻声细语、端庄羞涩，那么商籁第130首中“我的情妇”的形象的确称得上“恐怖”。在从彼特拉克（致有夫之妇劳拉）到但丁（致早已死去的小女孩碧雅特丽齐）献给爱慕对象的意大利十四行诗传统中，诗人往往把爱人从头发夸到脚趾，说她们的眼睛像太阳一样明亮，双唇像红宝石一样明艳，恨不得把所有的美好的词汇都堆在她们的身上。莎士比亚本人认为这种修辞不仅陈腐，而且可笑，他写下的这首“反情诗”通过戏剧化的夸张和对比，重写了典雅爱情（courtly love）背景下的宫廷情诗传统。诗中的女主角“眼睛绝不像太阳”，嘴唇不如珊瑚红艳，头上长满乌黑的铁丝，而用来形容她酥胸的是一个通常仅用来描述牛的肤色的形容词（dun，黄褐色）。

My mistress'eyes are nothing like the sun;
Coral is far more red, than her lips red:
If snow be white, why then her breasts are dun;
If hairs be wires, black wires grow on her head.
我的情人的眼睛绝不像太阳;
红珊瑚远远胜过她嘴唇的红色;
如果发是丝，铁丝就生在她头上;
如果雪算白，她胸膛就一味暗褐。

莎士比亚对意大利体商籁情诗的不满不是没有根基的。那类情诗中惊天地泣鬼神的爱情常常和爱人的美貌一样，绝大多数出于诗人的脑补，脱离现实，更谈不上什么互动，是一种柏拉图式的单恋想象。但丁声称自己第一次见到碧雅特丽齐时就爱上了她，而碧雅特丽齐当时只有九岁，两人也没说过一句话，这完全不妨碍但丁为她创作诗集《新生》(*La Vita Nuova*) 并发明"温柔的新体"(dolce stil novo)，也不妨碍他自己与别的成年女子结婚并生下三个孩子。彼特拉克这位情诗老祖的情况同样离奇，23 岁那年，彼特拉克在阿维尼翁的圣克莱尔教堂(Sainte-Claire d'Avignon) 参加复活节礼拜，隔着相当远的距离和(据说) 一层面纱，彼特拉克远远地第一次望见了有夫之妇劳拉(Laura de Noves)，之后的二十多年里便不间断地为她写作十四行诗，一直写到 47 岁——

几乎是 20 天一首的速度，最后精选了 366 首编入《歌集》（*Il Canzoniere*）。顺便一提，劳拉的丈夫萨德公爵（Count Hugues de Sade）就是法国大革命时期赫赫有名的作家萨德侯爵的祖先。在那三百多首商籁中，彼特拉克把劳拉的形象理想化乃至神化为近似女神，比如在《歌集》第 90 首中：

Non era l'andar suo cosa mortale,
ma d'angelica forma, e le parole
sonavan altro che pur voce umana;
uno spirito celeste, un vivo sole (ll.9–12)
她走路的样子和凡人不同，
却有天使的仪态，当她开口说话
就吐出不属于尘世的歌声：
女神般的灵魂，活生生的太阳……

（包慧怡 译）

莎士比亚在"恐怖的商籁"第三节中差不多对这节诗进行了针锋相对的戏仿：

I love to hear her speak, yet well I know
That music hath a far more pleasing sound:
I grant I never saw a goddess go, –

My mistress, when she walks, treads on the ground

我挺爱听她说话，但我很清楚

音乐会奏出更加悦耳的和音；

我注视我的情人在地上举步，——

同时我承认没见到女神在行进

诗人说他虽然没见过女神走路，但很清楚黑夫人走路肯定不像女神，而是重重踏上地面，仿佛他描写的不是自己的情妇，而是怪兽哥斯拉；黑夫人的声音也绝对谈不上是音乐，尽管这不妨碍诗人爱听她说话。回过来看第二节四行诗，诗人在其中提到了黑夫人的“口臭”，虽然他的表达比较委婉（“有些香水能提供 / 比我情妇呼出的口气更多的快乐”）；同时又说自己见过“红色和白色的大马士革玫瑰”，却不能在自己情妇的脸颊上找到这种玫瑰。

I have seen roses damask'd, red and white,

But no such roses see I in her cheeks;

And in some perfumes is there more delight

Than in the breath that from my mistress reeks.

我见过玫瑰如缎，红里透白，

但她的双颊，赛不过这种玫瑰；

有时候，我的情人吐出气息来，

也不如几种熏香更教人沉醉。

“大马士革玫瑰”在本诗的语境中可作多种解释。首先，它当然可以被理解为植物界的大马士革玫瑰（*rosa damascena*），这是一种由高卢玫瑰（*rosa gallica*）和麝香玫瑰（*rosa muschata*）杂交而来的芳香玫瑰，常用来做玫瑰精油或香水的原料。大马士革玫瑰的花朵一般呈深粉红色，在一些稀有杂交品种中甚至有一株上同时开红花和白花的情况，故诗中“roses damask'd, red and white”解作“红色的和白色的大马士革玫瑰”或者“红白相间的大马士革玫瑰”都算不上错。

与莎士比亚同时代的植物学家约翰·杰拉德在《草木志》中提到种类纷繁的玫瑰时，认为玫瑰基本只有三种颜色：白玫瑰、红玫瑰和“普通大马士革玫瑰”（common damask rose）。他对后者是这样描述的：“普通大马士革玫瑰枝条细长且多刺，其他方面则和白玫瑰并无不同，特别的差异在于花朵的色彩和香气；因为大马士革玫瑰是浅红色的，香气更为馥郁宜人，更适合食用和药用。”如果我们把第 4 行中的“damask'd, red and white”看作修饰玫瑰（roses）的三个并列形容词（粉、红、白），就可以得到和杰拉德一模一样的描述。换言之，诗人借三种玫瑰色彩的缺席，意在说黑夫人的脸蛋上没有绯红，没有雪白，也没有粉红，与以女王伊丽莎白的钦定肖像为代表的那种脸蛋红白相间、直接是双色都铎玫瑰化身的白皙美人毫无相同之处。

最后，damask 在第 5 行中实际上是作为及物动词完成态出现的（roses damasked），该动词原指诞生于今日大马士革城（Damascus）的一种编织工艺，是中世纪早期拜占庭和中东地区五种基础编织法之一，到 13 世纪之后基本已消失匿迹，仅仅在文学中拿来指代“精美的刺绣”。如此，本诗第 5 行就可以理解为，珍贵织物上精美的人工玫瑰有红有白，但这些色彩都不能在黑夫人的脸上找到。无论是自然的玫瑰，还是人工的玫瑰，无论是玫瑰的色彩还是香气，都与黑夫人无涉，这一节可谓彻底断绝了黑夫人与传统美人形象之间重合的可能性。

诗人在对句中说，但是这一切都不影响自己对黑夫人的爱。就如商籁第 127 首中黑夫人因为拒绝粉饰作伪而获得了真正的另类的美，在《“恐怖”反情诗》的末尾，诗人宣称相比三个多世纪商籁传统中被“瞎比一通”的、虚假的“理想爱人”的形象，自己的爱人毫不逊色，“同样珍贵”（as rare），而同样“珍贵”或“罕见”的，还有自己的爱情：

And yet by heaven, I think my love as rare,
As any she belied with false compare.
可是，天作证，我认为我情人比那些
被瞎比一通的美人儿更加超绝。

彼特拉克的缪斯，劳拉·德·诺维斯肖像

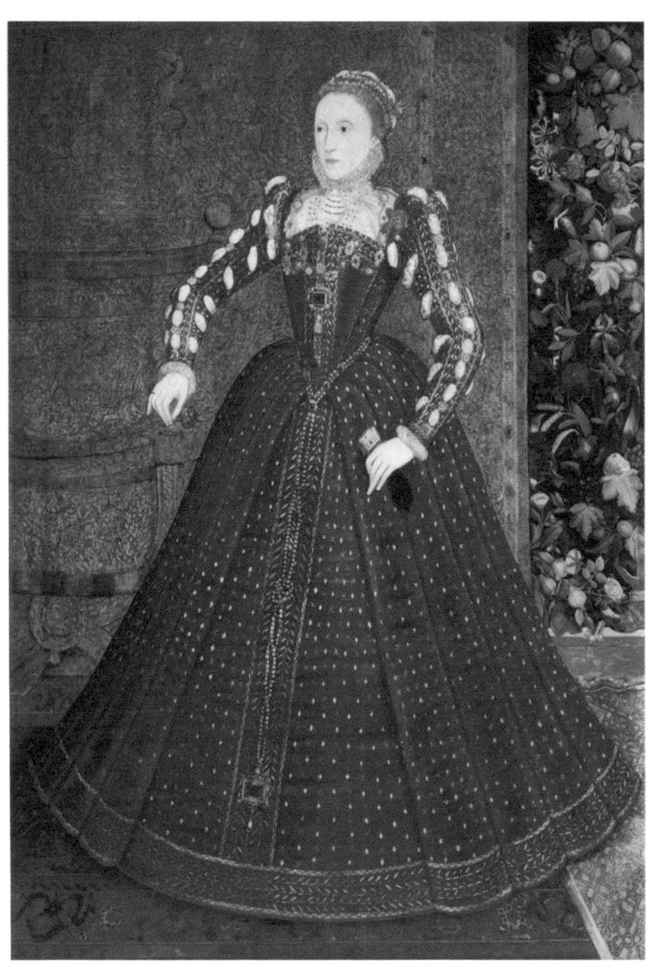

“红白玫瑰的化身”，伊丽莎白一世少女时期“汉普顿肖像”